Estórias
por quem estudou muito
HISTÓRIA

CIP-BRASIL. CATALOGAÇÃO NA PUBLICAÇÃO
SINDICATO NACIONAL DOS EDITORES DE LIVROS, RJ

F439e   Ferreira, Artur
            Estórias por quem estudou muito história / Artur Ferreira.
            – 1. ed. – Porto Alegre [RS] : AGE, 2023.
            160 p. ; 14x21 cm.

            ISBN 978-65-5863-221-4
            ISBN E-BOOK 978-65-5863-222-1

            1. Contos brasileiros. 2. Crônicas brasileiras. I. Título.

            23-85833   CDD: 869
                                    CDU: 821.134.3(81)

    Gabriela Faray Ferreira Lopes – Bibliotecária – CRB-7/6643

Artur Ferreira

Estórias
por quem estudou muito
HISTÓRIA

PORTO ALEGRE, 2023

© Artur Ferreira, 2023

Capa:
Nathalia Real

Diagramação:
Júlia Seixas

Supervisão editorial:
Paulo Flávio Ledur

Editoração eletrônica:
Ledur Serviços Editoriais Ltda.

Reservados todos os direitos de publicação à
LEDUR SERVIÇOS EDITORIAIS LTDA.
editoraage@editoraage.com.br
Rua Valparaíso, 285 – Bairro Jardim Botânico
90690-300 – Porto Alegre, RS, Brasil
Fone: (51) 3223-9385 | Whats: (51) 99151-0311
vendas@editoraage.com.br
www.editoraage.com.br

Impresso no Brasil / Printed in Brazil

PREFÁCIO

O querido amigo e colega autor Dr. Artur Ferreira honrou-me com o convite para participar da apresentação do prefácio deste livro. Para mim, iniciativa de uma importância subjetiva absolutamente incomensurável.

Essa apresentação, na verdade, é um presente que recebo extasiado e não pretende ser mais que um testemunho brevíssimo a respeito das virtudes do escritor Artur e de mais uma de suas inúmeras realizações intelectuais. Um testemunho sincero e especial por ser o primeiro formalmente a seu respeito, mas certamente não o último e não o mais importante dos muitos que certamente virão.

O autor deste livro é um homem de uma cultura incomensurável, não só na área do Direito, mas também nutre conhecimentos profundos na área sociológica, filosófica, com posicionamento ideológico muito bem estruturado e crítico.

Domina o Direto do Trabalho e tem a virtude de versar aspectos efetivamente controvertidos nessa área do Direito, não se constituindo, porém, não raro, com a mera repetição de lições sabidas e consabidas.

A altíssima produção intelectual do autor, com muitos trabalhos publicados seja na área judicial e fora dela, pode sugerir a quem não o conheça que não seja assim. Isso porque o Dr. Artur é sempre um inovador.

Conheci-o quando ingressamos na Faculdade de Direito da PUC/RS e desde então passei a admirá-lo por todos os seus predicados.

Irrequieto, inteligente, curioso, indagador, crítico e extremamente insatisfeito com o estágio atual não só do Direito, mas também com as coisas da vida, Artur Ferreira pensa e repensa suas verdades a cada dia, a cada momento. Conhece história e os fatos destas histórias como poucos e não se intimida diante de conceitos com pacificidade. A tranquilidade dos assuntos tratados neste livro não o constrange a seguir a senda batida pelos demais que por aqui estão. Sempre mergulha cada vez mais fundo, buscando a verdade e o bem informar.

Não se trata de um mero aventureiro nas letras. Não. Seu conhecimento e o que conta sobre as coisas da vida se fundam em cuidadosa análise dos institutos envolvidos e coisas do dia a dia submetidos a rigoroso filtro dos conceitos cientificamente estabelecidos, daí porque sua atuação é extremamente benéfica, clarificante, edificadora e brilhante.

O que consta neste livro é de uma qualidade literária excepcional por seu conteúdo e pela bela forma literária que o autor expõe.

Aos leitores, desejo que façam uma boa leitura desta obra, que tem precisão no discurso e clareza na escrita.

Vamos lá...

Carlos Roberto Lofego Caníbal
Desembargador do Tribunal de Justiça/RS

DEPOIMENTOS

Na estreia do colunista de muitos artigos em jornais, e cultivo das letras, no partilhar das vivências na forma saborosas crônicas, em estilo leve e despojado, mas nem menos relevantes, na sua despretensão, pois nelas sobressaem-se valores que são urgentes e preciosos: a integridade, a fidelidade, a sensibilidade social, o amor à vida, sobretudo a amizade, que Artur, meu irmão mais do que primo, como ninguém sabe cultivar. sendo a maior prova esta obra, agora vindo à publicidade, uma terna homenagem do autor a todos os seus afetos.

João Paulo Motta Lacerda
Médico e jornalista

Artur fantástico superou as expectativas pela forma fácil, leve, divertida, sem perder o conteúdo histórico e brilhante. Li e reli todas, mas claro que li mais vezes *Eduardo Bueno e a terra menstruada* e *A lei seca e a piada*. Todos os contos são geniais, transbordam três das milhões de virtudes do autor: o excelente humor, a inteligência humana imensurável e a gentileza humana incomparável.

Luciano Ramos
Advogado e jornalista

A leitura é um hábito, transmitido de geração para geração em nossa família. Meus pais, Artur e Cleuza Celina, transmitiram para mim e para o irmão Artur o gosto pela leitura desde muito cedo. Lembro que em 1989 meu pai presenteou-me com uma assinatura de revista em quadrinhos, cuja coleção era o meu maior tesouro.

Eu sempre li para as minhas filhas. Hoje Sofia lê para a irmã mais nova Helena, a qual escuta com atenção. Meu pai, que nasceu no Dia da Justiça, é apaixonado por Direito, Literatura e História. Conheceu pessoas e percorreu lugares distantes por meio dos livros. Por meio de seu livro, revela contos biográficos, ao passo que homenageia pessoas que lhe são queridas e que fazem parte da sua própria história.

Amanda Fernandes Ferreira Broecker
Procuradora do Trabalho no MPT da
Quarta Região (RS)

APRESENTAÇÃO

Ilustres leitores, este livro chega com um atraso de mais de 30 anos. Eu escrevi centenas de artigos em jornais do RS e de SC, principalmente na cidade de Sombrio, no litoral sul-catarinense. Em vários momentos eu pensei em publicar uma coletânea dos artigos. O tempo passou e não aconteceu. Agora finalmente saiu o livro, mas no meu entendimento com uma leitura mais agradável. Mais estórias e menos História.

Meu agradecimento para Cleuza Celina, aos meus filhos Amanda e Artur, aos meus afilhados de casamento Carlos Roberto Canibal, João Paulo Lacerda e Luciano Ramos. Também a minha amiga Eleci Iparraguirre, pois foram os meus grandes incentivadores. O meu agradecimento ao amigo Antônio Natálio Vignale, que me deu a honra de escrever mais de 500 artigos nos jornais *Tribuna Sombriense* e *Tribuna do Sul*, dos quais ele era o editor.

Quatro pessoas que não estão mais neste plano terrestre, mas que tiveram fundamental importância em minha vida: meus pais, Elim e Custódia, e minhas primas Therezinha Dirce Ferreira Cornely e Iris Motta Lacerda. Um simples poema que eu fiz em 2003:

> *LER*
> *Leitura nunca excede*
> *Nem sempre é o livro que a gente pede*
> *Ler com atenção*
> *Para o tempo não passar em vão*

Uma excelente leitura a todos.

SUMÁRIO

A festa do centenário do Grêmio em Canoas e
o conselheiro Cachorrão 13
A Lei do Divórcio e o engraxate 15
A Lei Seca e a piada 17
A OAB de Lagoa Vermelha e a gravata 19
A profecia da minha filha Amanda e o Gre-Nal dos cinco a zero 21
A prova de Literatura, Carlos Nejar e meu tio Heitor Saldanha 23
A sensibilidade do poeta Heitor Saldanha – o anjo da poesia 25
A TFP e a Dona Maria 27
A visita de Brizola e Collares a meu tio Arthur Ferreira Filho 29
A Batalha dos Aflitos, o meu filho e o Batemar 31
A corneta de Montevidéu 33
A estagiária e *O Contrato Social*, de Rousseau 35
A estreia do Nildo em Santana do Livramento 37
A minha prima Cenara Derlande reencontra a nossa tia Estelinha 39
A primeira vez no Rio de Janeiro e a Portela 42
A trova com Bagre Fagundes 44
A turma de amigos gremistas, Ibsen Pinheiro e
a Churrascaria Barranco 46
Alceu Collares e Salvador Horácio Vizzoto 48
As malas do Rafael Dourado 50
E o meu dinheiro? 52
Eduardo Bueno e a terra menstruada 54
Elias Figueroa deixando o Internacional em 1976 56
Eu fiz fiasco no celular 58
Eu, Pedro Mário, a OSPA e a Coreia do Beira-Rio 60
Evaristo de Macedo e os óculos do Danrlei 62
Fábio Koff, o maior presidente da história do Grêmio 64
Figueroa e o Grêmio perdedor 66
Irmão Modesto Girotto e o Eduardinho 68
José Bauer, Luiz Felipe e a Praia dos Pelados 70
Júlio Cesar, o alvará e a Romaria da Medianeira 72
Luiz Heron Araújo, Pedro Ruas e os honorários 74
Mário Quintana e Bruna Lombardi na Feira do Livro 76
Mauro Knijnik e a presidência do Grêmio em 2008 78
Mazzaropi e o vendedor de frutas 80

O meu amigo Luiz Pereira, em Criciúma 82
Miguel Zuanazzi e o Gre-Nal do Danrlei 84
Milton Camargo, Pedro Ruas, Cesar Pacheco e o meu voto 86
Eu morei 10 anos no Acre 88
O celular do Rodolfo 90
O cliente que dormiu no meu escritório 92
O dia em que eu tive um cinema 94
O distintivo do Grêmio e Antônio Britto 96
O Gre-Nal de 11.11.73 no Beira-Rio 99
O Memorial Pontes de Miranda em Maceió e a bermuda 101
O menino que vendia laranjas e o Frederico Hexsel 103
O professor Guido Welter e as gêmeas 105
O advogado e a moça jovem 107
O advogado, os cachorros e a distribuição 109
O Capitão Nikolas 111
O caso Watergate e o Matheus 113
O cliente do escritório e o Olacyr de Moraes 115
O garçom e os meus filhos 117
O gol que eu não comemorei 119
O Grêmio e o delegado 121
O Grêmio e o juiz da comarca de Criciúma 123
O livro do Djavan 126
O meu tio Arthur Ferreira Filho e o anel de formatura 128
O poeta Paulo Armando, Mário de Andrade e o neto
   do dono da casa 130
O rapaz no avião e a sua evolução espiritual 132
O *Show* do Gonzaguinha em Porto Alegre 134
O Terceiro Festival de Cinema em Gramado, em 1975 137
Os livros na geladeira 139
Os poetas Carlos Drummond e Paulo Armando 141
Paulo Nunes não respeitou as tradições na Semana Farroupilha 143
Pedro Ruas e a mulher do Sarandi 145
Quem não gosta de elogio? 147
Ricardo Vidarte e o estádio que encolheu 149
Saul Berdichevski e Nelson Olmedo 151
Taiguara na Casa de Cultura Mário Quintana 154
Tarso Dutra liberou Alcindo para jogar o GRE-NAL 156
Um grito parado no ar 158

Fontes de pesquisa 160

A FESTA DO CENTENÁRIO DO GRÊMIO EM CANOAS E O CONSELHEIRO CACHORRÃO

Em homenagem a Othelo Joaquim Jacques Neto

O ano do centenário do Grêmio em 2003 era para ter sido comemorado em grande estilo, porém as dívidas deixadas com a falência da ISL trouxeram enorme prejuízo ao Departamento de Futebol. Não havia dinheiro para grandes investimentos, e sequer para pagar os atletas. O presidente Flávio Obino, apesar de não ser carismático, é um grande gremista e um homem honrado, mas que teve que pagar muitas dívidas oriundas da época da ISL. Eu era Diretor-Adjunto de Recursos Humanos, a convite do meu amigo Pedro Ruas, que era o Diretor-Geral. Havia muito serviço. Assessorei em todos os momentos o chefe do Departamento de Recursos, senhor Jaime Bastarrica. O nosso departamento estava subordinado à vice-presidência de Administração e Patrimônio, tendo como vice-presidente Marco Miranda.

O Departamento de Futebol lutou bravamente para manter a dignidade do clube, em face das dificuldades financeiras. Sob o comando de Saul Berdichevski como vice-presidente e Evandro Krebs como Diretor de Futebol, o Grêmio conseguiu escapar do rebaixamento ao vencer o Criciúma no Estádio Heriberto Hulse. A torcida gremista lotou o estádio. Eu preferi ficar nas arquibancadas em vez de ficar no local reservado aos diretores. A entrada no estádio foi uma loucura. Coloquei o meu filho na frente, e fiz uma parede de proteção para ele, pois a torcida do Grêmio, principalmente do litoral sul-catarinense, estava ansiosa para incentivar o clube e queria entrar imediatamente no estádio.

Mas o momento ruim no futebol não poderia ofuscar a comemoração de 100 anos de uma bela história, construída com muito amor por dirigentes, empregados celetistas, chamados de funcionários, estagiários, atletas e torcida. O Grêmio é um clube respeitado mundialmente. Houve muitas festas. Eu compareci na bela festa em Santa Maria, com Osvaldir e Carlos Magrão cantando a extraordinária música de Teixeirinha *Querência Amada*. Compareci no banquete no Grêmio Náutico União, na homenagem do Jockey Clube ao Grêmio e na festa do consular em Canoas. Saímos do Estádio Olímpico em grande número de diretores e conselheiros. Foram anunciados os nomes de todos os diretores e conselheiros presentes. Ao meu lado estava o conselheiro Rubem Franco (aquele que descobriu Lucas Leivas para o Grêmio). Rubem, chamado carinhosamente de Cachorrão, sempre foi um grande gozador. Após serem anunciados os nomes, ele me diz: "Artur, só esqueceram de anunciar apenas um". Eu perguntei quem tinha sido esquecido. Ele: "Só faltou o cacete". Cachorrão estava sempre aprontando. Cada vez que ele fazia uma pergunta, eu sabia que tinha gozação. Saudades do Rubem Franco.

A LEI DO DIVÓRCIO E O ENGRAXATE

Em homenagem a Célia Santos

O senador Nelson Carneiro, um baiano nascido em Salvador, mas que se destacou como político no antigo Estado da Guanabara, e a partir da fusão com o Estado do Rio de Janeiro como senador pelo Rio de Janeiro, foi um incansável batalhador pela Lei do Divórcio. Durante aproximadamente 30 anos tentou a aprovação no Congresso Nacional, sem sucesso. Quando houve a aprovação, ele era senador pelo MDB do Rio de Janeiro. Foi a Lei 6.515, de 26 de dezembro de 1977. Tal só ocorreu em face da mudança de quórum para a aprovação de emendas constitucionais de dois terços para maioria absoluta, pois o general Ernesto Geisel, que estava exercendo a presidência da República, havia mudado o texto constitucional, porque queria fazer uma ampla reforma judiciária. Foi o chamado "Pacote de Abril". Foi criado o "senador biônico", bem como a mudança de quórum para a aprovação de emendas constitucionais. Então Nelson Carneiro, que já estava cansado de lutar pela aprovação da Lei do Divórcio, percebeu que era chegado o momento, pois sabia que dois terços nunca iriam conseguir, em face da forte oposição da Igreja Católica.

Na época eu tinha uma coluna de informações no *Jornal Servir*, da Sociedade Espírita Beneficente Bezerra de

Menezes, além de escrever artigos. Esse jornal eu havia fundado juntamente com dois brilhantes estudantes de Jornalismo da UFRGS, João Paulo Lacerda, hoje médico, e Leonardo Dourado, atualmente cineasta. Escrevi um artigo dizendo que a Lei do Divórcio não iria desagregar as famílias como muitos apregoavam, mas apenas legalizar situações de separações que já ocorriam na prática. Que o que separava os casais, na maioria das vezes, não era a lei, mas o término do amor. Estava ocorrendo uma manutenção forçada de um casamento que não mais existia. Um senhor participante da Sociedade Bezerra de Menezes, e tio de uma moça que havia sido minha namorada, falou que estava descontente com o meu artigo, pois a Lei do Divórcio iria destruir as famílias. Respondi: "Tenho muito respeito por suas posições, mas não posso concordar com essa posição, pois o que destrói uma família é o egoísmo, o término do amor e principalmente o individualismo. A Lei do Divórcio vai apenas oportunizar a reconstrução das famílias, pois não se destrói aquilo que não mais existe." Ele disse: "Você não deixa de ter razão. Vou pensar melhor no assunto."

O jornal *Zero Hora* ouviu várias pessoas em Porto Alegre sobre o que achavam sobre a lei recém-aprovada. As opiniões se dividiram, mas a de um engraxate da Praça da Alfândega me chamou muito a atenção. Ele respondeu: "Essa lei é para os ricos. No dia em que a nega veia me abandonar, eu não quero mais saber de mulher, pois sou apaixonado por ela." Coisa linda o amor, pois quando existe amor não há Lei do Divórcio que acabe com ele.

A LEI SECA E A PIADA

Em homenagem a Luciano Ramos e Carolina Zeidler

Em 2007 o delegado federal José Francisco Mallmann assumiu a Secretaria de Segurança Pública do RS. Uma das primeiras medidas de Mallmann foi a implantação da Operação Lei Seca. A ideia seria a redução do consumo de bebida alcoólica em locais públicos com a finalidade de diminuir a violência, principalmente o número de acidentes e mortes no trânsito. Em Porto Alegre foi criada a Operação Balada Segura.

Sabemos que as doenças e os acidentes decorrentes de bebidas alcoólicas tem alto custo, que, por ser de responsabilidade do Estado, acaba sendo pago pelo contribuinte, ou seja, você não bebe, mas tem que pagar a conta de quem bebe de forma irresponsável. O custo social da bebida é enorme. Estima-se que o país perca 7,3% do Produto Interno Bruto (PIB) em decorrência de problemas relacionado ao álcool. O principal são os decorrentes de acidentes de trânsito, com tratamentos caríssimos bancados com recursos públicos do Sistema Único de Saúde (SUS). Também há consequências danosas para as famílias, que se destroem, e para as empresas, que perdem excelentes empregados, afastados temporariamente por doenças, ou para sempre por morte. Há também os casos em que os trabalhadores reduzem a produção.

Entendemos que, além da Operação Lei Seca, outras medidas devem ser tomadas, como o aumento de tributos sobre as bebidas alcoólicas, o controle sobre a venda, principalmente nas estradas, bem como restringir a propaganda. Quando da implantação da Operação Lei Seca, eu estava cedido pela Procuradoria-Geral do Município de Cachoeirinha para a Secretaria de Segurança Municipal, comandada pelo querido amigo e meu afilhado de casamento Luciano Ramos. Em face de outros compromissos, e por saber que o tema me interessava, Luciano pedia que eu representasse o Município nas reuniões do secretário Mallmann com os secretários dos Municípios da Região Metropolitana. Foram reuniões altamente positivas, pois o secretário estadual mostrou ser um homem de diálogo. Em uma reunião, o secretário José Francisco Mallmann estava explicando aos presentes da dificuldade da implantação de a Lei Seca, em face de a venda de bebida alcoólica gerar muito dinheiro e empregos. O secretário relatou que representantes dos fabricantes de cervejas haviam pedido a ele a não implantação da Lei Seca, pois haveria muito prejuízo. Pedi a palavra ao secretário e disse: "Dr. Mallmann, só falta agora vir os representantes dos agentes funerários fazerem o mesmo pedido". Ele gostou. Disse que à noite seria entrevistado na TV Cultura. Me pediu licença para usar a minha piada. À noite estava o secretário sendo entrevistado e fez a ironia.

A OAB DE LAGOA VERMELHA E A GRAVATA

Em homenagem a Cléa Carpi da Rocha

Cléa Anna Maria Carpi da Rocha foi a primeira mulher presidente da Ordem dos Advogados do Rio Grande do Sul, de 1989 a 1990. Nesse período, tive a honra de ter sido membro da Comissão de Leis Orgânicas Municipais, Comissão de Revisão Constitucional e a Comissão que elaborou um projeto para Conselhos Municipais e Tutelares. Convivi com grandes juristas, como Salvador Horácio Vizzotto, Pedro Ruas, Regis Ferretti, Paulo de Araújo Costa, Orlando de Assis Corrêa e Maria Helena Bohrer. Também fui representante da OAB perante a Justiça do Trabalho da Quarta Região. Fui agraciado com um diploma da OAB pelo desempenho dos encargos confiados no biênio 1989/1990, em face de invulgar proficiência. Busquei fazer o melhor, em decorrência da qualidade dos colegas, e para não decepcionar essa mulher magnífica Cléa Carpi da Rocha.

Como representante da OAB perante a Justiça do Trabalho, recebi da presidente algumas tarefas. Uma dessas tarefas foi de acompanhar os representantes da Seccional da OAB de Lagoa Vermelha perante a audiência com o presidente do TRT da Quarta Região, que estavam buscando a instalação de uma Vara do Trabalho (na época chamada de Junta de Conciliação e Julgamento) para o seu Município, que pertencia à jurisdição de Vacaria. Na época eu tinha poucas gravatas e nem uma com o nó. Coloquei uma gravata no bolso e antes da audiência fui até o prédio da Justiça do Trabalho, na Av. Praia de Belas, 1432, com a intenção de encontrar algum amigo advogado que fizesse o nó. Eu não encontrei ninguém. Então me dirigi ao TRT. Cheguei na sala de espera da presidência e percebi que havia três senhores. Perguntei se eram os representantes da OAB de Lagoa Vermelha. Confirmaram. Passados uns dez minutos os convidei a entrarem no gabinete do presidente do TRT, Fernando Barata e Silva. Um deles tirou uma enorme folha do paletó e disse: "Não podemos ainda entrar, pois estamos aguardando o representante da OAB, doutor Artur Ferreira". Falei: "Então está resolvido. Sou eu sem gravata." Eles, que estavam tensos, riram muito. O presidente do TRT, Fernando Barata e Silva, nos atendeu bem, mas falou que não havia as mínimas condições de ser instalada uma Vara do Trabalho em Lagoa Vermelha. Sugeri um Posto Avançado. Ele disse que, em princípio, seria difícil, mas que a decisão seria do novo presidente do TRT/4, José Fernando Ehlers de Moura, que iria assumir nos próximos dias. Apenas em 19 de agosto de 2005 foi instalada a Vara do Trabalho em Lagoa Vermelha.

 Essa grande mulher Cléa Carpi da Rocha muito me valorizou, fazendo eu me lembrar eternamente do período 89/90, mas esse episódio da gravata foi sensacional.

A PROFECIA DA MINHA FILHA AMANDA E O GRE-NAL DOS CINCO A ZERO

Em homenagem a Amanda Fernandes Ferreira Broecker

Dia 9 de agosto de 2015 (Dia dos Pais) ficou marcado como um maravilhoso dia na minha vida. Passar o Dia dos Pais com os meus filhos, meu genro Fernando e Cleuza Celina foi algo extraordinário. Na época a Amanda trabalhava em Cuiabá; em decorrência, nem sempre era possível reunir a família, inclusive em face de os pais do meu genro morarem em Joinville (SC), pois a minha filha e o meu genro se revezam para estar sempre com os pais. Mas nesse dia havia também um Gre-Nal do Campeonato Brasileiro na Arena do Grêmio, era o Gre-Nal 407. Antes da partida, deixamos os nossos amores no Aeroporto Internacional Salgado Filho, pois eles estavam retornando para Cuiabá. Logo que chegaram no aeroporto, Amanda falou: "Fernando, o Grêmio poderia ganhar esse Gre-Nal de cinco a zero, pois o pai nunca viu o Grêmio ganhar um Gre-Nal com esse placar". Fernando: "Eu falei ao teu pai que esse jogo vai ser empate". Quando fizeram conexão no Aeroporto Internacional Presidente Juscelino Kubistcheck de Oliveira, em Brasília, a minha filha perguntou ao meu genro quanto estava a partida. Resposta: "Tá ruim, três a zero para o Grêmio". A Amanda pergunta: "Quanto tempo falta, Fernando? Resposta: "Uns 25 minutos". Ela profetiza: "Então dá para mais dois gols". O treinador Roger Machado, aos 28 minutos, coloca Fernandinho no lugar de Pedro Rocha, e Fernandinho inferniza a defesa do Internacional ao fazer um gol e ainda a jogada para o gol contra de Rever.

O Grêmio dominou completamente a partida diante de 46.010 torcedores. No início da partida Douglas bateu um pênalti com a sua habitual categoria, mas a bola foi para fora. Os gols do Grêmio foram dois de Luan, um de Giuliano, um de Fernandinho e um contra de Rever. Sobre Luan eu aprendi a gostar desse atleta em 2014, por meio de meu filho, que na época já percebia que se tratava de um excelente atleta. Muitos "profundos conhecedores" o chamavam de soneca. Tenho certeza que sem Luan o Grêmio não teria voltado a ganhar grandes títulos em 2016. Em 2017 ele foi "O Rei da América" na conquista da terceira Libertadores da América pelo Grêmio.

Recebi de presente de aniversário da minha sobrinha Kelly Ferreira Martins o livro *O inesquecível Gre-Nal 407 (cinco a zero)*, de autoria de Natal Augusto Dornelles. Nas páginas 44/46, há um depoimento do jornalista identificado com o Internacional Fabiano Baldasso ao jornal *NH*, no dia seguinte ao Gre-Nal: "Uma nação saiu do estádio do Bairro Humaitá de peito estufado, e outra marcada de vergonha para o resto dos seus dias".

O Gre-Nal 407 foi a goleada que a minha filha queria ao seu pai no Dia dos Pais.

(Este capítulo eu fiz chorando, não apenas pela lembrança da goleada, mas por um filho querer tanta alegria ao seu pai.)

A PROVA DE LITERATURA, CARLOS NEJAR E MEU TIO HEITOR SALDANHA

Em homenagem a Bernard Netto

Em julho de 1975 eu fiz o vestibular para ingresso na Faculdade de Direito da PUC. Na realidade, eu pretendia fazer no final do ano na UFRGS, mas como trabalhava e tinha como pagar acabei por impaciência não esperar mais seis meses. Um vizinho que havia feito o vestibular em janeiro para Engenharia Mecânica me emprestou a prova do início do ano para eu avaliar os meus conhecimentos. Das 15 questões de Literatura acertei 14. Cláudio Capelano Justo (o vizinho) disse: "Artur, agora vais estudar Física e Química, pois Literatura você sabe muito". Respondi: "Não, Justo, agora eu vou estudar ainda mais Literatura, pois quero gabaritar a prova". Na realidade, estudei um pouco mais, pois a prova de História era mais ampla e eu também queria fazer cem por cento, principalmente em História do Brasil.

Eu tinha uma base muita fraca na maioria das matérias, pois havia feito apenas dois anos do antigo Ginásio, que era de quatro anos. Fiz o curso de Contabilidade no Colégio Irmão Pedro, a pedido de parentes com os quais eu morava desde o falecimento de meu pai. Não tive Física e Química. Literatura e História eram muito mal ministradas, pois sequer lembro dos professores. Em decorrência, estudei em casa, pois com raras exceções sempre preferi os livros aos professores, pois os livros eu podia escolher e os professores não. Além do mais, o colégio Irmão Pedro, salvo melhor juízo, tinha como finalidade preparar bons contabilistas, mas não estudiosos da Literatura e da História. Na prova de Literatura eu estava muito bem. Nas 14 primeiras questões não tive nenhuma dúvida. A questão de número 15 me pegou. Perguntava qual a única obra que não era do Carlos Nejar. Letras "A" e "B" as respostas eram, respectivamente, *Canga* e *Casa de Arreios*. Essas duas eu sabia que eram do Nejar. As letras "C" e "D" eu não sabia. Achei que iria errar. Chegamos na letra "E", e a obra era *A Hora Evarista*, do poeta Heitor Saldanha, que era casado com Laura Ferreira, irmã de meu pai. Fiquei muito feliz. Ao sair o resultado, vi que acertara todas em Literatura. Na mesma noite fui no apartamento dos meus tios agradecer. Tio Heitor ficou muito feliz por aparecer a sua obra principal de poesias no vestibular da PUC, e principalmente por ter me ajudado, e tia Laura disse: "Que bom Arturzinho, pois nós gostamos muito de você". Eu fiquei muito feliz não apenas com o resultado em Literatura, mas por cair uma questão com uma obra de um tio tão querido.

No início de 2020, eu estava em um hotel em Itapema (SC) e encontrei o Fabrício Carpinejar, filho do Carlos Nejar, e contei para ele, que gostou muito. Sua esposa, uma mineira de BH, me perguntou se eu lia o Carpinejar. Respondi: "Às vezes, mas agora vou ler mais". Ela e Cleuza Celina conversaram muito depois.

A SENSIBILIDADE
DO POETA HEITOR SALDANHA –
O ANJO DA POESIA

Em homenagem a João Paulo Lacerda e Marli Lacerda

O poeta Heitor Saldanha já foi citado no capítulo "A prova de Literatura, Carlos Nejar e o poeta Heitor Saldanha". Tio Heitor era um homem de extrema sensibilidade humana e social. Conheci esse homem extraordinário em outubro de 1971, quando do velório de meu pai. Eu estava muito triste e chorando, quando chegou aquele anjo e me abraçou, consolando-me com palavras de muito carinho. Mais tarde eu soube que era meu tio, casado com a tia Laura Ferreira. Nunca mais eu esqueci. Depois nos tornamos amigos. Ele sempre muito bondoso e gentil. Posso dizer com total convicção que tio Heitor foi o poeta que mais valorizou os trabalhadores, principalmente aqueles que trabalhavam nas minas de carvão.

Heitor Saldanha foi um dos maiores poetas gaúchos em todos os tempos. Também era prosador. Participou do Grupo Quixote na década de 50, que tinha, entre outros, Paulo Hecker Filho, Pedro Geraldo Escosteguy, Silvio Duncan, Fernando Castro e o advogado e sociólogo Raymundo Faoro, que foi presidente da OAB Federal. Uma de suas obras foi a novela *Terreiro do João-Sem-Lei*. *A Hora Evarista*, de 1974, foi a sua principal obra. Inclusive a Rádio Guaíba tinha um programa *A Hora Evarista*, em que Fernando Veronese lia as poesias de Heitor Saldanha.

Em face de sua enorme preocupação social, ele trabalhou em minas de carvão para conhecer melhor a vida dos trabalhadores mineiros. No livro *A Hora Evarista*, ele dedica um capítulo a esses trabalhadores: "As Galerias Escuras", com algumas poesias como *A mina, Descida ao poço de carvão, Os carvoeiros, Inundação do poço, Carvão de pedra e seu clima* e *Companheiros*.

Uma de suas poesias que eu mais gosto é *Só*: "Hoje enquanto tiver dinheiro beberei. Depois entregarei ao garçom meu relógio de pulso, meus carpins de *nylon*, meus óculos de tartaruga (que nome bonito), minha caneta-tinteiro e continuarei bebendo, sem literatura, sem poema, sem nada. Só como se o mundo começasse agora. Estou nesses conscientes estados de alma em que não posso me salvar e nem a salvar."

Ao final dos anos 70 o meu tio e padrinho historiador Arthur Ferreira Filho, iria autografar a sua principal obra, *História Geral do Rio Grande do Sul*, em sua quinta edição na Feira do Livro de Porto Alegre. Tio Heitor, que era cunhado de Arthur Ferreira Filho, foi o primeiro a chegar na sessão de autógrafos. Minutos depois eu cheguei. Ficamos conversando durante alguns minutos. Logo ele olha para mim e diz: "Arturzinho, não sei se você percebeu, mas estamos conversando há um bom tempo, e não apareceu ninguém para pedir autógrafos ao escritor que está ali. Vamos sair para não deixá-lo constrangido, e depois voltamos para a sessão de autógrafos do teu tio Arthur. Heitor Saldanha sequer conhecia o escritor, mas em face de sua sensibilidade ficou constrangido. Esse era o poeta Heitor Saldanha, a quem eu denominei de "O anjo da poesia".

A TFP E A DONA MARIA

Em homenagem a Aline Becker

A Sociedade Brasileira em Defesa da Tradição, Família e Propriedade (TFP), fundada em 1960 pelo jornalista, professor e escritor Plínio Correia Oliveira, com o apoio de membros da Igreja Católica, surgiu com a finalidade de combater as ideias maçônicas, o socialismo e o comunismo. A entidade fazia a defesa do catolicismo tradicional em oposição ao catolicismo com engajamento social, o qual era defendido pela Conferência Nacional dos Bispos do Brasil (CNBB). Os seus militantes, normalmente jovens, eram apenas homens utilizando megafones e grandes estandartes vermelhos, com símbolos e brasões medievais. Eles se posicionavam em ruas movimentadas e em frente a igrejas buscando convencer as pessoas a assinarem os seus manifestos.

A TFP foi uma das entidades responsáveis pela organização das Marchas da Família com Deus pela liberdade, que contribuiu para o golpe de 31 de março de 1964, e que derrubou o presidente João Goulart. O auge da TFP foi na ditadura de 64. Em 1966, a entidade coletou assinaturas contra o divórcio. Com a morte do fundador, Plínio, em 1995 e a redemocratização do Brasil, a TFP passou a se preocupar mais com a espiritualidade. Hoje o controle da organização está em litígio judicial, em decorrência de os fundadores não aceitarem a predominância da tendência liderada pelo Monsenhor João Clá, os chamados *reformistas*, os quais atualmente detêm a sigla TFP. A briga está no Supremo Tribunal Federal. A perda de poder dos fundadores se deu também pelo fato de que apenas os oito fundadores decidiam tudo sem consultar os demais membros.

Na faculdade eu tive um professor de Direito Processual Penal, Plínio de Oliveira Correia, que recebeu no auge da TFP muitos telefonemas ofensivos, pois era confundido com o fundador da organização, Plínio Correia Oliveira.

A Dona Maria era uma senhora muito bondosa e educada. Eu fui diversas vezes em sua residência, pois era amigo de seu saudoso filho Clóvis Donini Cézar. Dona Maria, também é avó da advogada Aline Becker. Um dia a dona Maria estava em casa quando chegou um moço com o estandarte da TFP. Ele entrou pelo portão e falou que queria a assinatura dela contra o projeto de lei de autoria do senador Nelson Carneiro que criava a Lei do Divórcio. Dona Maria disse: "Eu não assino nada, pois cada casal que decida se deve ou não ficar juntos". O rapaz ficou perplexo, pois não esperava a resposta, e pulou o muro da residência ao invés de retornar pelo mesmo portão. Foi um pulo digno de uma medalha em olimpíada. A campanha da TFP contra o divórcio não surtiu efeito, pois em 26 de dezembro de 1977 foi sancionada a Lei 6.515/77, instituindo o divórcio no Brasil.

Novos tempos, e hoje a TFP está sem encontrar eco na juventude, e, portanto, enfraquecida.

A VISITA DE BRIZOLA E COLLARES A MEU TIO ARTHUR FERREIRA FILHO

Em homenagem a Fernando Becker

Em setembro de 1989, Leonel Brizola, candidato à presidência da República, acompanhado de Alceu Collares, fez uma visita de três horas ao meu tio e padrinho, o historiador Arthur Ferreira Filho, em seu apartamento na rua Cândido Silveira, no Bairro Auxiliadora, em Porto Alegre. Eram amigos de longa data, apesar de adversários políticos, pois meu tio era do PSD e Brizola do PTB (o único partido de meu pai, Elim Ferreira, o qual foi presidente da sigla em Bom Jesus). Depois, no exílio Brizola era simpatizante do MDB e meu tio era simpatizante da Arena. Meu tio disse que Brizola falou: "Collares, vou te apresentar ao homem que mais conhece a História do Rio Grande do Sul. Esse homem honrado participou ativamente da política do RS, tendo sido prefeito de Bom Jesus, São Leopoldo e Passo Fundo, e continua pobre. Um dia você vai dizer que teve o privilégio de conhecer esse homem."

No dia seguinte estive em visita ao meu tio. Ele disse: "Meu filho, ele me emocionou em vários momentos, mas o maior de todos foi quando foi ao meu quarto e deu um beijo na tua tia Terezinha, que está com Alzheimer. Tenho 89 anos e não preciso mais votar, mas faço questão. Uma vez, quando eu estava hospitalizado no Ernesto Dornelles, e ele era o governador do RS, me fez uma visita. Fiquei satisfeito, mas dessa vez emocionado."

Fernando Becker, bisneto de Arthur Ferreira Filho, na época com nove anos, e morando no mesmo prédio de seu bisavô, acompanhou tudo pela sacada de seu apartamento. Ele percebeu que havia uma expressiva quantidade de companheiros do PDT esperando o grande líder trabalhista. Meu querido parente e amigo Fernando ficou emocionado com o que viu e até hoje se lembra de todos os acontecimentos.

Brizola, durante essas três horas, poderia estar em bairros da capital, ou em cidades próximas, ganhando milhares de votos, mas preferiu uma visita emotiva. Contei na época a um amigo, que disse: "Ele ganhou a tua admiração?" Falei: "Não". Ele: "Você me falou tantas vezes nele com empolgação, e agora que ele tem uma atitude rara em um político, e ainda mais demonstrando enorme carinho para com um parente que você tanto gosta, me diz que Brizola não ganhou a tua admiração. Por quê?" Respondi: "Por que ele sempre teve e sempre terá a minha admiração. Apenas aumentou a admiração que eu tenho por ele. Estudei muito sobre a vida de Brizola e ouvi muitas histórias por meio de meu pai, que, na condição de presidente do Diretório Municipal do PTB de Bom Jesus, foi o seu primeiro apoiador para a Constituinte Estadual, em 1946. Só homens da grandeza de Brizola para ter uma atitude como essa de visitar o meu tio."

A BATALHA DOS AFLITOS, O MEU FILHO E O BATEMAR

Em homenagem a Renato Moreira

A Batalha dos Aflitos é a expressão usada por uma partida inacreditável entre Grêmio e Náutico, em 26 de novembro de 2005, no Estádio dos Aflitos, na bela Recife, pela série B do Campeonato Brasileiro. O Grêmio não poderia perder para subir à série A. O jogo estava zero a zero quando o juiz Djalma Beltrami, aos 34 minutos do segundo tempo, marcou um novo pênalti para o Náutico. Houve uma enorme confusão e quatro atletas do Grêmio foram expulsos. O presidente do Grêmio, Paulo Odone, consultou o vice-presidente de futebol, Renato Moreira (na época chamado de assessor de futebol), sobre abandonar a partida. Renato, com sabedoria e conhecimento jurídico, disse que haveria sérias sanções ao Grêmio se tal ocorresse. O meu filho Artur, na época um adolescente, chorava dizendo: "Mais um ano na segunda divisão". Então eu disse: "Filho, tem quatro possibilidades na cobrança do pênalti, ou vai fora, ou bate na trave, ou o goleiro defende, ou é gol, portanto a possibilidade de gol é apenas vinte e cinco por cento". A minha filha Amanda disse: "Pai, não sonha; eles já erraram um pênalti, dificilmente vão errar o segundo". Eu também não acreditava no que eu estava dizendo, mas tinha que acalmar o filho.

O melhor batedor de pênaltis do clube pernambucano, Kuki, não quis bater. Outros atletas também não aceitaram a enorme responsabilidade, então o encarregado de cobrar o pênalti foi o lateral esquerdo Ademar. Eu falei: "Ele é Ademar, mas como vai errar, vai mudar o nome para Batemar". O chute foi forte no meio do gol e bateu na perna esquerda do nosso goleiro Rodrigo Galatto, subiu e foi para escanteio. Kuki, desesperado, se jogou no chão. Ali eu vi que o clube de Recife estava derrotado. Então, minutos depois, quando o Náutico já estava com dez jogadores em face de uma expulsão, o menino Anderson, de 17 anos, entrou na área do adversário e o zagueiro tentou evitar o choque com medo de mais um pênalti, Anderson tocou no canto do goleiro e bateu no peito e gritou: "Eu sou foda, eu sou foda". Realmente aquele menino, que estreou no Grêmio em 2004 com apenas 16 anos em um Gre-Nal, era tudo isso. Ao saber que ele iria jogar o clássico, eu, que era Diretor Adjunto de Recursos Humanos, perguntei ao chefe dos Recursos Humanos, senhor Jaime Bastarrica, se o garoto era bom de bola. Resposta: "Doutor, se é bom eu não sei, mas sei que é metido, pois usa dois celulares". Rimos juntos. O "garoto metido" que saiu do banco de reservas para marcar o gol que terminou com as esperanças do clube do Bairro Aflitos, simplesmente deu o segundo golpe em nosso adversário. O primeiro quem deu foi Galatto, que relembrou os grandes goleiros do Grêmio, como Eurico Lara, Alberto, Leão, Mazzaropi, Danrlei e Marcelo Grohe.

    Os gremistas devem lembrar de todos os atletas, do técnico Mano Menezes, dos dirigentes, mas também de um dirigente que naquele momento de forte emoção teve o bom-senso de aconselhar o presidente Paulo Odone a não retirar o time de campo: Renato Moreira.

A CORNETA DE MONTEVIDÉU

Em homenagem a Alexandre Buzatto Soares

Montevidéu é uma cidade maravilhosa. A capital do Uruguai é um colírio, principalmente para quem gosta de uma cidade antiga e culturalmente avançada. A praça Independência, onde se encontra o Mausoléu em homenagem ao herói nacional José Artigas, é uma das praças mais bonitas da América Latina. Nas proximidades da praça Independência com a 18 de julho, temos o Palácio Salvo, inaugurado em 1925 e que à época era a torre mais alta da América do Sul. O Banco da La República Oriental do Uruguai, de 1896, em estilo neoclássico, construído em 1938, e que tem em sua entrada um monumento em homenagem a Artigas, é uma das maravilhas da capital uruguaia. O Teatro Solis, inaugurado em 1856, também próximo à praça Independência, é uma obra de arte que enche de orgulho o povo uruguaio. O nome do teatro é em homenagem ao navegador espanhol Juan Diaz de Solis, que foi comandante da primeira expedição europeia a penetrar no Rio da Prata. O teatro era privado, mas foi adquirido em 1937 pelo Município de Montevidéu. A sua capacidade é para 1.500 pessoas. O Parque Rodó é o mais famoso da cidade. O nome é em homenagem ao escritor uruguaio José Enrique Rodó. Construído em 1989, o parque tem uma enorme área verde, com lagos, fontes e quadras poliesportivas. São tantas maravilhas na capital uruguaia que fica difícil falar de todas neste espaço. O correto seria em um livro.

Montevidéu é a capital da América do Sul com maior número de museus. O Museu Histórico Nacional (Casa de Garibaldi) é um local de visita obrigatório. O Mercado del Puerto, inaugurado em 1868, e suas carnes maravilhosas e cervejas geladas é um excelente ponto de encontro. E o que falar do Estádio Centenário? É o palco da primeira Copa do Mundo, em 1930. Em 2003, eu assisti à estreia do nosso tricolor na Libertadores da América contra o Peñarol nesse estádio. Ao chegar no Centenário, observei que havia vendedores comercializando cornetas. Uma com as cores do nosso adversário na partida e outra com as cores da Escola de Samba Mangueira (eu sou Portela). Acabei comprando a verde e rosa para não ficar com a do Peñarol. Essa corneta tem uma história curiosa: Ela me acompanhou em todos os jogos do Grêmio em 2003. Foi um ano difícil (escapamos de cair para a segunda divisão graças ao excelente trabalho do treinador Adilson Batista e dos dirigentes Saul Berdichevski e Evandro Krebs). Porém, no último jogo em que nos livramos do rebaixamento, contra o Corinthians, no Estádio Olímpico, a corneta, que havia cumprido a sua missão, simplesmente parou de funcionar. Hoje ela está em meu gabinete em casa, ao lado dos meus livros.

A ESTAGIÁRIA
E O CONTRATO SOCIAL,
DE ROUSSEAU

Em homenagem a Luiz Henrique Tatsch

O Contrato Social é uma obra clássica do filósofo, escritor e teórico político Jean-Jacques-Rousseau. Para esse grande pensador suíço *O Contrato Social* seria "um pacto da comunidade com o indivíduo e do indivíduo com a comunidade". Desse pacto nasceria "uma vontade geral" que se distinguiria das vontades individuais, constituindo os "fundamentos do todo poder político". Essa é uma das obras mais representativas do período conhecido como Iluminismo. *O Contrato Social* é um grande ensaio sobre a relação entre o Estado político, os direitos civis e a vida social.

O livro é dividido em quatro partes: A primeira discorre sobre o estado primitivo do homem e a lenta evolução da sociedade que conduziu até um pacto social em torno do domínio do soberano. A segunda parte continua a discussão sobre a formação da sociedade, aprofundando-se nos limites do poder soberano. A terceira parte, por sua vez, aborda as diversas formas de governo, assim como os abusos e a tendência da degeneração. Por fim, a quarta parte conclui a obra com considerações a respeito de eleições, ditaduras, censura e religião. Portanto, trata-se de uma obra interessante que deveria ser lida por todos os estudantes universitários, principalmente aqueles das áreas das ciências humanas.

Em uma segunda-feira, há uns 20 anos, a minha estagiária de Direito da Procuradoria-Geral do Município de Cachoeirinha, me perguntou: "O que o senhor fez no final de semana?" Respondi: "Joguei futebol com o meu filho, almocei em um restaurante com a família, fui ao cinema e li *O Contrato Social*. Então ela disse: "Eu não sabia que o senhor atuava no Direito Comercial". Expliquei que havia lido *O Contrato*, e não um contrato social. Falei que era uma obra clássica de Jean-Jacques Rousseau. Dei a ela uma explicação de forma sucinta. Então ela disse: "Fiquei curiosa, pois em tenho mais de 40 anos, e estou na metade do curso de Direito da (eu vou omitir a faculdade) e nunca ouvi falar. Vou procurar a obra na biblioteca da faculdade, pois preciso aumentar os meus conhecimentos.

Em princípio, uma estudante de Direito ou de qualquer outro curso não precisa conhecer com profundidade os grandes pensadores do Iluminismo, mas ter alguma ideia sobre Voltaire, Rousseau a outros, pois pensar é fundamental. Eu sei que deve haver um número razoável de faculdades de Direito, pois um pequeno número de instituições faz com que apenas uma minoria tenha oportunidade de estudar, porém essas faculdades não devem apenas formar anualmente milhares de estudantes que não tenham o mínimo de conhecimento. A maioria dos alunos para aprender precisam de estímulo dos professores. A minha estagiária demonstrou curiosidade sobre Rousseau, e é isso que um mestre deve fazer. Eu penso que a principal função de um professor é estimular um aluno aos estudos, o seja, aguçar a busca do conhecimento.

A ESTREIA DO NILDO EM SANTANA DO LIVRAMENTO

Em homenagem a Ben-Hur Marquiori

Em abril de 1994 eu fui até a Justiça do Trabalho para fazer uma audiência. Ao sair da audiência, encontro o então vice-presidente de futebol do Grêmio Luiz Carlos Silveira Martins (Cacalo) e falei para ele que iria assistir ao próximo jogo do Grêmio. Ele me perguntou se seria contra o Guarani de Cruz Alta, no Estádio Olímpico. Eu disse: "Cacalo, eu vou a Santana do Livramento, pois Cleuza Celina tem parentes lá e também eu quero assistir à estreia do Nildo, pois eu acredito que esse atleta vai dar grandes alegrias". Cacalo falou que eu o procurasse no Hotel Jandaia para eu ir com a delegação ao estádio. No dia seguinte, eu e meu filho nos dirigimos ao hotel e acompanhamos a delegação até o estádio Honório Nunes. Na preliminar jogavam os juvenis do clube de Santana do Livramento contra o Brasil de Pelotas. Eu e meu filho chegamos e ficamos em pé atrás de uma das goleiras. O nosso técnico, Luiz Felipe Scolari, que estava sentado em um banquinho ao lado do preparador físico Paulo Paixão, pediu para ele *apertar* um pouco para o meu filho sentar. Um gesto muito carinhoso.

Durante a partida assistimos nas cadeiras do clube local ao lado do vice-presidente jurídico Renato Moreira. Apesar da bravura da equipe da Fronteira Oeste do RS, o Grêmio foi o vitorioso, com gol de cabeça do estreante Nildo. Ao final da partida eu falei ao Renato Moreira: "Esse garoto de 18 anos de nome Roger vai ser um dos melhores laterais-esquerdos da história do Grêmio, em nível de Ortunho e Everaldo Marques da Silva, pois marca bem e joga com facilidade". O tempo mostrou que eu estava certo. Tempos depois, em uma reunião de gremistas, Renato Moreira lembrou do que eu havia falado em Santana do Livramento. Eu percebi que ali estava um atleta diferenciado, mas não sabia que aquele garoto iria se tornar o grande cidadão Roger Machado, o treinador do tricolor no eterno GRE-NAL de cinco a zero no Dia dos Pais, em 2015.

Quando a delegação do Grêmio estava no ônibus para retornar a Porto Alegre, eu fui agradecer ao Cacalo o convite para acompanhar ao Grêmio no estádio. Estavam próximos Luiz Felipe e Paulo Paixão. Eu falei ao nosso técnico: "Você vai ser um dos maiores treinadores da história do Grêmio, em nível de Osvaldo Rolla, Carlos Froner, Ênio Andrade e Telê Santana". Ele disse: "Não exagera, cara". Eu disse: "Eu não estou exagerando, pois você foi campeão da Copa do Brasil com o Criciúma; com a Grêmio sob a presidência do presidente Fábio Koff e tendo Cacalo como vice-presidente de futebol, você vai longe. Três meses depois, o Grêmio se sagrou bicampeão da Copa do Brasil ao derrotar no Estádio Olímpico o Ceará, que havia eliminado o Palmeira e o Internacional. Eu não fui ao jogo, pois estava com forte gripe, mas quando o paraense Ivanildo Duarte Pereira (Nildo) fez o único gol da partida eu me lembrei do que eu havia falado ao Felipão e senti uma forte emoção. Confesso que eu acertei em parte: Luiz Felipe Scolari não foi apenas o maior treinador da história do Grêmio, mas um dos grandes treinadores do futebol mundial.

A MINHA PRIMA CENARA DERLANDE REENCONTRA A NOSSA TIA ESTELINHA

*Em homenagem a Estelitamar Derlande
e Cenara Derlande*

Em 1957 o Brasil vivia um período de democracia plena. O presidente da República era o mineiro Juscelino Kubitscheck de Oliveira (PSD) e o vice-presidente o gaúcho João Goulart (PTB). No início do ano, a minha avó materna, Ana, que morava em São Joaquim (SC), ficou doente. Então foi levada para Bom Jesus para ser cuidada por meu pai, que era farmacêutico, porém meu pai percebeu que a doença não era tão simples e precisava de hospitalização. Na época a minha avó, uma pessoa muito pobre, tinha dois filhos menores de idade, de nomes Lindomar Derlande e Estelitamar Derlande. As crianças ficaram sob os cuidados de uma família de Bom Jesus que residia em São Leopoldo. O tio Lindomar, que na época tinha nove anos e sempre foi um aventureiro, não se adaptou em sua nova família, e fugiu, retornando para a casa de sua irmã mais velha, de nome Emília, em São Joaquim. A tia Estelitamar foi muito bem tratada por sua mãe adotiva e sentia muitas saudades da sua família, mas acabou se adaptando. A nova família retornou para São Leopoldo. A mãe adotiva, de nome Maria Dutra, sempre que a minha tia perguntava sobre a sua família, falava que ninguém queria saber dela, o que não era verdade, pois a minha avó nunca esqueceu sua filha. Em sua humilde residência em São Joaquim, a minha avó tinha na sala uma enorme foto da filha na parede. Ela diariamente olhava para a foto e sentia muitas saudades da filha. Eu era um garoto e também ficava triste, em face da tristeza da minha avó. Eu cresci e tinha vontade de ver a minha avó reencontrar a sua filha, que ela tanto amava, mas eu acreditava que a tia não queria saber da sua família, o que não era verdade. Eu tinha uma grande vontade de reencontrar a minha tia, principalmente depois que a minha mãe e as minhas tias Emília e Maria desencarnaram. E o milagre aconteceu. Há aproximadamente seis anos, eu recebi um WhatsApp de meu irmão Elim dizendo: "A tua tia foi reencontrada". Também uma foto da nossa querida tia. Eu não acreditei e liguei para ele. A minha prima Cenara Derlande foi quem reencontrou a tia pelo Facebook.

A primeira viagem que ela fez foi para Palhoça, na Grande Florianópolis, para reencontrar o irmão Lindomar e conhecer Cenara e sua família. Um momento divino o reencontro dos irmãos depois de mais de 50 anos de afastamento. Depois tia Estelinha, pois era assim que a avó Ana se referia a ela, se deslocou até Porto Alegre, para matar as saudades da família Ferreira. Retornou várias vezes com seus filhos e filha, inclusive quando foi madrinha de casamento do meu sobrinho Roan com Ana Regina. Eu fui três vezes em sua casa no bairro Grajaú, no Rio de Janeiro, duas vezes com Cleuza Celina e outra com o Elim. A tia é de 9 de dezembro de 1951 e eu de 8 de dezembro de 1955. Já comemoramos um aniversário na residência da minha filha Amanda e de meu genro Fernando. Daria um belo filme a história de vida da nossa Estelinha, que também viveu uma grande história de amor com o engenheiro carioca Paulo Roberto Souza, quando muito jovens se conheceram em São Leopoldo. Ele era estudante de Engenharia da Unisinos e funcionário do Banco do Brasil e se apaixonou por aquela linda garota catarinense.

A PRIMEIRA VEZ NO RIO DE JANEIRO E A PORTELA

Em homenagem a Jorge Luís do Nascimento e Margit Renate Schneider

Eu tinha o sonho de conhecer o Rio de Janeiro. Em 1974, fui pela primeira vez, de ônibus. Recém havia completado 18 anos. Voltei várias vezes de ônibus, e nos últimos anos de navio e avião. Na primeira viagem, projetei conhecer o Cristo Redentor, o Pão de Açúcar, a Lagoa Rodrigo de Freitas, o maravilhoso Jardim Botânico e suas palmeiras, as praias, principalmente a Praia Vermelha e o Palácio do Catete, que foi sede do governo federal entre 1897 e 1960, quando a capital passou para Brasília. Estive em todos esses lugares. Copacabana foi a praia que mais me agradou. O Jardim Botânico de 1808 é uma visita imperdível para quem gosta da flora. Um local para viver. Caminhar pelo parque é ver quedas d'água, bichos, lagos, árvores, orquidário e lindas palmeiras.

O antigo Palácio do Catete, atual Museu da República, é uma aula de história. O que mais chamou a atenção foi o quarto em que morou Getúlio Vargas e sua esposa, dona Darcy. O gaúcho de São Borja foi uma figura marcante na política brasileira, não apenas por ter ficado 18 anos na presidência, sendo primeiro como revolucionário, depois como ditador, e por último, como presidente eleito, mas principalmente pelo voto feminino no primeiro Código Eleitoral do Brasil, de 1932, e na Constituição Federal de 1934. Porém, a chamada Era Vargas se destacou na questão social, a qual já constava no programa da aliança liberal da Chapa Vargas e João Pessoa, lançado no início de 1930 para concorrer à presidência da República contra o candidato apoiado pelo presidente Washington Luiz, que era o paulista Júlio Prestes. O auge da questão social foi a promulgação da Consolidação das Leis do Trabalho (CLT), em 1943.

Tudo que eu fiz no Rio de Janeiro em 1974 foi devidamente programado, porém teve uma grande surpresa: o Grêmio Recreativo Escola de Samba Portela. Fui convidado por uma moça baiana de nome Gilda, a qual conheci em Copacabana, a ir a uma festa no Ginásio do Mourisco, na Praia de Botafogo. Nunca havia me interessado por carnaval. Ao chegar, percebi que havia um astral muito bom. Aquele azul e branco me encantou. O tema da Portela era "O mundo melhor de Pixinguinha", uma música encantadora. Nunca mais esqueci aquela letra. A partir daquele momento comecei a acompanhar a Portela. Depois soube que Paulinho da Viola e Clara Nunes eram portelenses. A letra "Foi um rio que passou em minha vida" é uma grande homenagem a nossa escola. Paulinho da Viola conseguiu utilizar todo o seu talento nessa letra.

O sonho de conseguir um grande amor no Rio de Janeiro se concretizou, porém de forma diferente, e não foi um amor baiano, mas um amor carioca, e se chama Portela.

A TROVA COM BAGRE FAGUNDES

Em homenagem a Carlos Finger e Goretti Finger

B agre Fagundes é um folclorista, músico, cantor e compositor da música regionalista gaúcha. Seu nome é Euclides Fagundes Filho. Foi presidente do Instituto Gaúcho de Tradição e Folclore (IGTF). Ainda adolescente, Bagre comprou de seu irmão Aldo uma gaita de quatro baixos, com a qual anos depois comporia uma das músicas mais lindas da cultura gaúcha: *O Canto Alegretense*. Essa extraordinária música é um poema do irmão de Bagre, Antônio Augusto Fagundes, conhecido como Nico Fagundes, para a qual Bagre Fagundes fez a música. Três grandes paixões desse músico: a sua gaita, o Internacional e a cidade de Alegrete. Ele já repetiu várias vezes: "Sou um alegretense nascido em Uruguaiana". Realmente é muito forte o seu amor pela terra do poeta Mário Quintana. Foi vereador pelo PDT e candidato a prefeito em sua terra do coração.

Em novembro de 1998, eu estava em uma festa de aniversário de um ano do Pedro Ruas Filho, filho do meu querido amigo Pedro Ruas. A festa ocorreu logo após as eleições ao governo do Estado, Senado, Câmara Federal e Assembleia Legislativa. Pedro Ruas tinha concorrido ao Senado pelo PDT, e obtido 526.395 votos. Essa votação foi superior à da candidata do PDT ao governo do Estado, senadora Emília Fernandes. O eleito foi Pedro Simon. Também foi fundamental o seu apoio, bem como do PDT para Olívio Dutra vencer Antônio Britto ao governo do Estado, no segundo turno. A festa estava muito animada. Em um determinado momento, Bagre Fagundes, tio do Pedro Ruas pelo lado materno, se aproximou de mim e disse: "E aí, meu diretor (me chamava de diretor, pois eu era Diretor Jurídico do Grêmio), vamos fazer uma trova?" Antes que eu respondesse, ele começou, e enalteceu o seu clube. Eu, que nunca havia feito uma trova gelei, pois de cara fazer com tão competente adversário, e não iria responder, mas minha filha Amanda, que estava ao meu lado, disse: "Pai, tu vais deixar assim, ele humilhou o Grêmio?" Pedido de filho é sempre uma ordem. Então encorajei-me e enfrentei o leão. Terminei a trova com duas palavras de efeito: "Meu tricolor pelo qual eu tenho muito amor". Não sei se pela perplexidade dos presentes, em face da minha inesperada resposta acabei sendo muito aplaudido. Bagre Fagundes olha para mim e diz: "Diretor, você me surpreendeu, pois eu pensava que fosse mais bunda-mole". Eu dei um baita sorriso de felicidade. Minha filha me olhou com orgulho. Naquela noite eu fui dormir pensando que era o Gildo de Freitas (o maior trovador gaúcho de todos os tempos). O que não faz um pedido de um filho?

A TURMA DE AMIGOS GREMISTAS, IBSEN PINHEIRO E A CHURRASCARIA BARRANCO

Em homenagem a Evandro Krebs

Em 2011 eu estava jantando na Churrascaria Barranco com os amigos gremistas Adalberto Preis, Evandro Krebs, Marco Miranda e Saul Berdichevski. Após uma longa conversa, em que predominaram assuntos do Grêmio, apesar de o grupo ser composto por pessoas com vasto conhecimento geral, a turma resolveu se deslocar para a salinha de entrada para fumarem os seus charutos, e sem causar incômodo aos não fumantes.

Na salinha de entrada a conversa continuou muito animada. Quando estávamos nos preparando para sair, apareceu o jornalista, político e ex-presidente da Câmara Federal no *impeachment* de Collor de Mello em 1992, Ibsen Pinheiro, deu um abraço em seu amigo Adalberto Preis e nos cumprimentou. Na vida precisamos aproveitar os momentos para esclarecimentos. Em 1974, época do regime militar, havia o bipartidarismo, sendo de um lado a Arena defensora do governo e, de outro lado, o MDB, de oposição. Não havia eleições para prefeitos de capitais, estâncias hidrominerais, Municípios com usinas e zonas de fronteira. Então em Porto Alegre tivemos eleições apenas para a Câmara de Vereadores. A capital dos gaúchos, honrando até então a sua tradição de enfrentamento ao autoritarismo, deu ampla vitória ao MDB, elegendo dois terços dos vereadores, ou seja, 14 vereadores contra apenas 7 da Arena. Tal fato provocou desconforto no governo federal, comandado pelo general Ernesto Geisel. Aproveitando um discurso feito pelo vereador Glênio Peres, do MDB, em que fazia críticas à ditadura, o general Geisel utilizou o Ato Institucional número 5 (AI-5) e cassou o representante do MDB. Marcos Klassmann, amigo de Glênio, fez um discurso criticando a cassação do companheiro, e também foi cassado. Segundo meu primo e afilhado de casamento João Paulo Lacerda, o vereador Antônio Cândido Ferreira, conhecido como Bagé, também preparou um discurso para criticar a cassação dos dois companheiros. Ibsen Pinheiro, que havia sido o mais votado para vereador, e era o líder do MDB, chamou Bagé em seu gabinete e pediu para ler o seu discurso. Ibsen falou: "Os teus colegas de partido foram cassados por muitos menos. O teu discurso não vai restabelecer o mandato do Glênio e do Marcos, simplesmente vai servir de pretexto para a tua cassação". Bagé acatou a sugestão de seu líder e colocou o discurso no lixo. Na imprensa na época não houve nenhum comentário sobre o fato. Apesar de eu saber que João Paulo era bem informado, naquela madrugada no Barranco perguntei ao Ibsen. Ele confirmou.

Com a anistia de 1979, a Câmara de Vereadores de Porto Alegre restabeleceu os respectivos mandatos de Glênio Peres e Marcos Klassmann. A Arena contestou na Justiça, mas perdeu. Hoje Marcos é nome de rua na capital e Glênio foi homenageado com o Largo Glênio Peres, em frente ao Mercado Público e à Praça XV de Novembro.

ALCEU COLLARES E SALVADOR HORÁCIO VIZZOTO

Em homenagem a Andréa Mostardeiro Bonow

Alceu Collares é uma das figuras mais interessantes da vida pública do Rio Grande do Sul. Começou a trabalhar como vendedor de laranjas (hoje, na política, *laranjas* tem outro significado), mais tarde trabalhou nos Correios e Telégrafos. Foi advogado atuante. Eleito vereador de Porto Alegre em 1968 pelo então MDB. Era a época do bipartidarismo MDB e ARENA. Mais tarde, foi deputado federal pelo mesmo partido, sendo o mais votado pelo MDB em 1970, e o mais votado entre todos os candidatos para a Câmara Federal em 1974 e 1978. Com o fim do bipartidarismo, em 1979, e a retomada do trabalhismo, Collares teve papel importante na criação do PDT (deveria ser PTB, mas essa história vamos contar em outro momento). Eleito prefeito de Porto Alegre em 1985 e governador do Estado em 1990 pelo PDT. Mais tarde voltou para a Câmara Federal.

A vida política de Alceu Collares sempre foi muita ligada aos mais humildes. A busca de uma vida mais digna aos trabalhadores o tornou conhecido como "deputado do salário mínimo". Também foi autor da Lei do Inquilinato, que acabou com a denúncia vazia. Porém, penso que seu governo estadual poderia ter sido muito melhor e mais tranquilo sem a presença da sua esposa Neuza Canabarro na Secretaria de Educação. Não se trata da competência ou não da dona Neuza, mas você não pode ter no governo uma pessoa de sua família, ainda mais que Collares era um homem apaixonado.

Salvador Horácio Vizzoto, um grande tributarista, foi meu professor na Faculdade de Direito da PUC em 1977. Em 1990 foi meu colega na Comissão de Leis Orgânicas Municipais da OAB/RS, na gestão da presidente Cléa Carpi da Silva. Uma comissão com grandes conhecedores do Direito, tendo na presidência Pedro Ruas, o juiz de Direito aposentado Orlando de Assis Correa, Régis Ferreti, Paulo de Araújo Costa e outros grandes juristas. Fizemos um excelente trabalho e levamos aos colegas advogados do interior do RS. Eu fiz uma palestra na Câmara Municipal da cidade de Três de Maio. Os demais membros da comissão fizeram palestras em vários Municípios do interior com excelente aceitação.

Em 1999 a minha colega da Procuradoria-Geral de Cachoeirinha, Ana Cláudia Schitler, deveria fazer uma sustentação oral em processo no TJ/RS, e pediu que eu a acompanhasse. Ao final dos trabalhos, entramos no elevador e ali encontramos o doutor Vizzoto, acompanhado do ex-governador Collares. Cumprimentei Vizzoto, e Collares disse: "Quando fui governador escolhi esse homem para desembargador". Respondi: "Uma bela escolha, doutor Collares. Vizzoto é muito estudioso e competente." Ele olhou para mim e disse: "Lá em Bagé a gente elogia muito as pessoas, mas pela frente. Pelas costas é um horror." Eu respondi: "Doutor Collares, mas eu não sou de Bagé, sou de Bom Jesus. "Minha colega Ana Cláudia não conseguiu segurar o riso.

AS MALAS DO RAFAEL DOURADO

Em homenagem a Rafael Dourado e Sandra Dourado

Rafael Dourado é um amigo de longa data. No carnaval de 2010, ele, que residia na capital de São Paulo, nos convidou para irmos a Riviera de São Lourenço, em Bertioga, no litoral paulista. Riviera de São Lourenço é um bairro cem por cento planejado, distante 120 km da capital. É um loteamento em implantação sob a responsabilidade da Sobloco Construtora S.A. Há uma enorme preocupação com a proteção ambiental. Em face do planejamento urbano, a Riviera, em mais de 30 anos de existência, nunca foi atingida por falta de abastecimento de água, poluição da praia por efluentes de esgotos, enchentes, poluição sonora, do ar ou mesmo visual. Como saímos cedo no sábado pela manhã, em face da sabedoria do Rafael, fizemos uma viagem tranquila pela rodovia Mogi-Bertioga, com exceção de um pequeno episódio (assunto para o final do capítulo). Essa rodovia tem muito movimento no verão, pois é a melhor forma de se chegar ao litoral paulista, e considerando que a capital tem em torno de 12 milhões de habitantes. Em decorrência, tem que se ter muita sabedoria e conhecer o percurso para não ficar em um enorme congestionamento. Ainda estava escuro quando o meu amigo nos convidou para viajar; em decorrência foi uma viagem quase sem incidentes, e com um trânsito formidável. Uma parada em um restaurante de beira de estrada muito bom. Portanto, tudo maravilhoso ou quase tudo. Na metade do caminho um pequeno incidente. As malas que estavam no bagageiro de teto, colocadas pelo Rafael, simplesmente caíram na estrada. Em face de o motorista dirigir de forma cautelosa, não aconteceu incidente maior, mas apenas avarias nas malas. Como eu não dirijo, e também não entendo nada sobre a colocação de malas em bagageiros de tetos, não sei o motivo da queda; sei que o Rafael é um grande administrador de empresas, mas não é especialista na colocação de objetos no teto do veículo.

Porém, o condomínio em Riviera de São Lourenço, no qual uma amiga da esposa do Rafael, Sandra Mello Dourado, tinha um apartamento, era simplesmente espetacular. Uma infraestrutura magnífica, com piscina aquecida, canchas para prática de tênis e um cuidado especial com a limpeza. A praia tinha todo o conforto. Depois de tudo isso, imaginei que a água era fria. Para minha surpresa, era uma água morna. Evidente que não do mesmo nível das praias do Nordeste, principalmente do meu encanto Maceió e arredores, mas se você chega na Riviera de São Lourenço pode se dizer que chegou ao paraíso.

Foi um inesquecível carnaval. Eu nunca mais me esqueci das malas do querido amigo Rafael Berlese de Mattos Dourado e principalmente da bela Riviera de São Lourenço.

E O MEU DINHEIRO?

Em homenagem a Elim da Silva Ferreira Filho e Solange Ferreira

Nos períodos em que fui Diretor Jurídico, Diretor Adjunto de Recursos Humanos, Ouvidor e Conselheiro do Grêmio, eu presenciei algumas situações engraçadas. Uma delas foi quando, com o colega do Departamento Jurídico e competente advogado Marco Aurélio Moreira, fizemos uma busca e apreensão de produtos piratas em Criciúma, em junho de 1997, quando o Grêmio era campeão brasileiro de 1996 e campeão da Copa do Brasil de 1997. Eu estava com o oficial de justiça em uma loja do centro da cidade. Enchemos várias sacolas de produtos. Quando estávamos nos dirigindo ao veículo, a dona da loja me chamou e mostrou uma pequena sacola que havia ficado. Era uma senhora idosa, que quando chegamos me perguntou: "Moço, como podemos resolver?" Fiz que não entendi e disse: "A senhora quer o telefone da vice-presidência de marketing do Grêmio?" Ela disse que não valeria a pena, pois o lucro seria pequeno. Então eu expliquei que o lucro da empresa dela seria pequeno, mas do Grêmio, proprietário da marca, seria inexistente, e que além do prejuízo aos cofres do clube havia a questão criminal, pois pirataria é crime.

No Departamento de Recursos Humanos eu fui Diretor Adjunto do amigo Pedro Ruas, na vice-presidência de Administração e Patrimônio, comandada pelo amigo Marco Miranda (2003/2004). O chefe dos Recursos Humanos era um homem com onze anos de Grêmio, o competente senhor Jaime Bastarriga. Em uma segunda-feira bem cedo, recebo um telefonema do seu Jaime pedindo o meu imediato comparecimento no Grêmio para a aplicação de uma justa causa a um empregado. Pedi para ele relatar o fato. Houvera um jogo no sábado no Estádio Olímpico. Havia denúncias de que um dos porteiros que cuidava da passagem de diretores e conselheiros das sociais para as cadeiras cativas estava recebendo dinheiro para facilitar a entrada dos sócios. Então o Diretor de Administração, Luiz Moreira, combinou com um sócio para dar um valor ao porteiro para entrar nas cadeiras. Mas a proposta era para o sócio entrar e voltar. Luiz Moreira ficou atento. Após o flagrante e com testemunhas, o sócio que havia dado o dinheiro ao porteiro disse: "E o meu dinheiro?" Tiveram que pedir ao porteiro para devolver o valor. Falei ao seu Jaime: "Não precisa eu ir agora no RH. Temos reunião de diretoria à noite, eu passo antes e faço a comunicação de justa causa. O princípio da imediatidade não é tão rígido, se o senhor comunicar o porteiro amanhã não haverá perdão tácito, mas vamos fazer por telefone. Vou ditar os termos e o senhor pode ir digitando."

Quando Paulo Odone foi eleito presidente, Pedro Ruas me falou: "Artur, eu agradeço a tua amizade, pois depois de ter sido Diretor Jurídico do Grêmio aceitou ser meu adjunto no RH. Eu tenho um amigo na vice-presidência, posso pedir para continuarmos, pois o nosso trabalho tem recebido muitos elogios do seu Jaime e do Marco Miranda, porém você vai ser o Diretor, e eu o teu adjunto. Agradeci a confiança e a amizade, mas falei que não tinha nenhuma afinidade com o senhor Paulo Odone.

EDUARDO BUENO E
A TERRA MENSTRUADA

Em homenagem a César Woblowski

Eduardo Bueno, conhecido como Peninha, é um jornalista e escritor gaúcho. Autor de várias obras sobre a História do Brasil, entre elas *A Viagem do Descobrimento*, de 1996, *Náufragos, Traficantes e Degredados*, de 1998, *Capitães do Brasil*, de 1999 e *Brasil: Terra à vista*, de 2000. Uma das principais características de Eduardo Bueno é o fanatismo pelo Grêmio. Esse fanatismo, ou amor pelo Grêmio, está exteriorizado no livro *Grêmio nada pode ser maior*. O grande escritor e dramaturgo paraibano Ariano Suassuna, autor do *Auto da Compadecida*, sua obra-prima, adaptada para o cinema e a televisão, afirmou: "O fanatismo e a inteligência nunca moram na mesma casa". Em matéria de futebol, é muito difícil o equilíbrio. Normalmente os juízes nos prejudicam, nunca nos favorecem.

Luciano Ramos e Mariza Pozzobon são duas pessoas maravilhosas que eu tive a dádiva do Pai Celestial de conhecer na Procuradoria-Geral do Município de Cachoeirinha, ao final dos anos 90. Ana, procuradora, e Luciano, Coordenador Administrativo, pois na época ainda não era formado em Direito, mas apenas em Jornalismo. Gostava muito dos dois, e os incentivava para que fossem namorados. Luciano continuou na PGM, e Ana assumiu o importante cargo de Assessora do Ministério Público Estadual, por meio de concurso público. Eu esqueci o assunto. Um dia percebo que Luciano está animado no celular. Depois de alguns minutos, ele passa o aparelho para eu falar. Para a minha surpresa, era a Ana, que sorrindo disse: "Artur, foste o maior incentivador do nosso namoro. Estamos namorando e com projetos de casamento. Você será o nosso padrinho." Foi muita alegria para mim. Casaram em Santa Maria, em uma festa maravilhosa. No mesmo dia eu tinha em Porto Alegre o convite de um excelente colega do Departamento Jurídico do Grêmio, Marco Aurélio Moreira, para o seu casamento. Mas não poderia deixar de ir a Santa Maria para ser padrinho de um querido casal, principalmente em face da forte amizade com o Luciano. Houve a separação. Luciano demorou a achar um novo amor. Hoje ele está casado com a jornalista Carol Zeidler e muito feliz. Eu e Cleuza Celina fomos novamente os padrinhos.

Na primeira visita para Luciano e Ana Marisa, em seu apartamento no Bairro Rio Branco, ao lado do Parcão, onde eu e Cleuza Celina fomos maravilhosamente recebidos, Luciano desceu para comprar *pizzas*. Deixou a porta do apartamento aberta. Aparece um sujeito e grita: "Oi, meu gremista, a terra é azul, porém está momentaneamente menstruada". Falou isso e foi embora. Era Eduardo Bueno, vizinho e amigo do Luciano. Eles haviam se encontrado nos corredores, e Luciano falou a ele: "Peninha, está no meu apartamento um gremista tão fanático como você". O Internacional fazia poucos dias que havia sido campeão mundial interclubes. Final de 2006.

ELIAS FIGUEROA DEIXANDO O INTERNACIONAL EM 1976

Em homenagem a Carlos Roberto Canibal

Elias Ricardo Figueroa e sua esposa Marcela foram meus colegas no curso de Direito da PUC, no período de agosto de 1975 a dezembro de 1976. Para os mais jovens, Figueroa foi um zagueiro chileno que jogou no Internacional de janeiro de 1972 a dezembro de 1976. Foi contratado do Penárol do Uruguai. Foi escolhido diversas vezes o maior zagueiro da América. Pelo clube gaúcho ganhou diversos títulos, entre eles o bicampeonato brasileiro de 1975 e 1976.

Figueroa foi um excelente colega, pois gostava de participar das festas da turma e de uma longa conversa com os colegas nos intervalos. Como a maioria era composta de gremistas, ele sempre estava nos provocando. Muitas vezes me provocava chamando-me de Silva, pois meu nome é Artur da Silva Ferreira, em homenagem ao meu avô. Nunca gostei do Silva, e acho desagradável, por exemplo, em algum lugar quando sou chamado de Artur Silva. Uma vez cheguei a explicar para uma atendente de uma clínica que as pessoas são conhecidas pelo prenome e pelo último nome do sobrenome. Ela me perguntou o que era prenome.

O colega era meu vizinho, pois eu morava na Cristóvão Colombo, próximo ao Hospital Militar, e ele na rua

Bordini, esquina com 24 de Outubro. Em decorrência, me deu muitas caronas. Em uma dessas caronas ele disse: "Artur, nós estamos indo embora. Estamos voltando para o Chile". Fiquei surpreso, pois ele recém havia conquistado o título de bicampeão brasileiro. Foi uma sensação estranha, pois eu os considerava excelentes colegas e que me davam caronas, mas também o algoz do meu Grêmio. Lembro que no dia seguinte, um sábado, fui na Sociedade Espírita Bezerra de Menezes e falei para a gurizada. Ninguém acreditou. Ficaram rindo. Passados uns 30 dias, meu amigo Rafael Dourado disse: "Artur, tu estavas certo, o Edgar Schmidt falou esta semana na Rádio Guaíba que o Figueroa está deixando o Internacional".

A saída de Figueroa coincidiu com a vinda do extraordinário treinador Telê Santana ao Grêmio, e a retomada das vitórias pelo tricolor, pois o clube raramente ganhava um Gre-Nal, e em 1977 ganhou quatro, sendo um de três a zero no Olímpico e outro de quatro a zero no Beira-Rio. Tenho dúvidas se o Grêmio escapou do Figueroa ou se Figueroa escapou do Grêmio. Uma coisa era jogar contra Vilson Cavalo, Beto Fuscão e Bira, e outra enfrentar Oberdan, Tadeu Ricci e André Catimba, tendo como treinador o magnífico Telê Santana.

Quando ele voltou ao RS para ser treinador do Internacional, nos encontramos no centro de Porto Alegre. Figueroa me convidou para ir no Beira-Rio para conversarmos, mas o meu amor pelo Grêmio não permitiu. Hoje sinto saudades daquele excelente casal de colegas.

EU FIZ FIASCO NO CELULAR

*Em homenagem a Michelle Stuart
e Paolo Roberto O Nékko*

Eu nunca fui bom para as coisas práticas, principalmente para as questões de tecnologia. Fui Ouvidor do Grêmio em 2009, porém não sabia como responder os *e-mails*. Era muito bom no atendimento ao torcedor, mas isso não basta. Hoje vejo que responder *e-mails* é algo primário. Na verdade, eu sempre fui muito dos livros, principalmente de História do Brasil, Literatura, Ciência Política, Sociologia e Direito do Trabalho. Lembro que li obras sobre os 50 anos da Revolução de 30 em 1980. Hoje eu poderia fazer uma palestra de várias horas, sem qualquer consulta sobre o tema, 43 anos depois. Parecia que as coisas práticas eram impossíveis, quando na realidade eram muito simples. No início dos anos, a primeira vez que o meu primo João Paulo Lacerda tentou me ensinar informática, a única coisa que eu aprendi foi que havia o *mouse*. Penso que o principal motivo era a falta de concentração. Hoje, mesmo não sendo um especialista e sem nunca ter feito cursos, já sei alguma coisa sobre informática. O meu filho muito me ensinou. A festa de São Sebastião se realiza na comunidade de Figueirinha, no Balneário Gaivota (SC), há mais de 80 anos e sempre no dia 20 de janeiro de cada ano. Fiéis fazem o percurso a pé de suas residências até a igreja da localidade. A romaria inicia na madrugada, com o intuito de se evitar o sol forte nessa época no litoral catarinense. Nessa data é feriado no Município de Sombrio e no Balneário Gaivota, liberando as pessoas para pagarem as suas promessas. Na realidade, a romaria parte também de outras localidades, como Praia Grande, São João do Sul, Passo de Torres, Santa Rosa do Sul, Meleiro, Turvo, Timbé do Sul, Jacinto Machado, Araranguá e outros Municípios catarinenses e inclusive de Torres, no RS. Há inúmeras histórias de agradecimento, desde a cura de uma doença até a obtenção de um emprego ou de um filho que largou o vício.

No dia 20 de janeiro de 1999 eu e minha filha Amanda saímos cedo de nossa residência no Balneário Gaivota para pagar uma promessa. Ao chegarmos na localidade, estava entrevistando as pessoas o conhecido radialista e político Luiz Pereira. Então ele foi me entrevistar, pois eu era muito conhecido na região por ser colunista de jornais e por ter sido Diretor Jurídico do Grêmio. O radialista estava com um celular, e até aquele momento eu nunca havia usado o tal de celular. Fui falando durante alguns minutos, porém não coloquei o celular no ouvido. A minha filha, ao meu lado, fez um gesto e eu entendi. Então devolvi o celular ao meu entrevistador e saí de mansinho, pois me dei conta de que naquele dia eu estava inaugurando o celular que apenas falava, mas não ouvia. Passado o fiasco inicial, foi só festa e boa comida.

EU, PEDRO MÁRIO, A OSPA E A COREIA DO BEIRA-RIO

*Em homenagem a Sandro Ferreira de Negreiros
e Susana de Negreiros*

Quando a minha família se mudou de Bom Jesus para Gravataí, em julho de 1969, eu tinha 13 anos. No início tive muito temor de deixar bons amigos, como Carlos Augusto de Oliveira e Eluíz Boff, meus companheiros de futebol. Porém, ao chegar em Gravataí fiz novas amizades. Lembro de vários colegas, entre eles os irmãos Soster Celso e Paulo Afonso, mas a maior amizade foi com o Pedro Mário, que assim como eu era serrano de São Francisco de Paula, cidade vizinha de Bom Jesus. Pedro Mário era de falar pouco. Sua família, em decorrência de dificuldades financeiras, e com poucas perspectivas de ascensão social, buscou novas oportunidades, principalmente ao meu amigo e sua irmã. Aos domingos nós íamos ao local próximo ao Passo do Hilário, em Gravataí, onde os pais de Celso e Paulo Afonso Soster moravam em um sítio. Era uma longa caminhada, mas ao chegar sempre tínhamos muita disposição para jogar futebol. Após as partidas, a mãe dos amigos nos oferecia um café com um pão colonial muito bom.

A professora de Artes Lila Bastiani, da Escola Estadual Maria Josefina Becker, ao lado do Colégio Dom Feliciano, fez a seguinte proposta: "Quem fosse aos domingos pela manhã no Salão de Atos da Reitoria da UFRGS assistir a Concertos para a Juventude, com apresentação da Orquestra Sinfônica de Porto Alegre (OSPA), e trouxesse o comprovante ganharia pontos. Conversei com vários colegas, nenhum aceitou, com exceção do Pedro Mário. Fomos diversas vezes. Meu pai me dava o equivalente a 30 reais para as passagens e um lanche simples. Aprendemos muito sobre música clássica. Até aquele momento eu gostava apenas dos Beatles e da Jovem Guarda.

Um dia após a apresentação, meu amigo Pedro Mário me convidou para irmos na Coreia do Beira-Rio assistirmos a Internacional e São José (1971). Eu não tinha muito interesse, mas amigo tem que ser solidário. Tudo calmo, mas o Internacional fez o gol no final do primeiro tempo. Perguntei ao Pedro Mário qual o horário do gol. Resposta: "Aos 51 minutos". Eu como secador falei: "Amigo, precisaram do juiz, pois não teve nenhuma paralisação". Ele apenas sorriu, mas um senhor ao lado não gostou e falou ao irmão: "Bah, meu irmão, logo aqui em nosso espaço sagrado tem secador". Terminado o primeiro tempo, mudamos de lugar. O Internacional ganhou por dois a um. No ônibus perguntei ao meu amigo: "Se eles me agredissem, o que tu farias?" Ele respondeu: "Eu cagava eles a pau". Era possível, pois além de corajoso, o meu amigo era brabo.

Meu pai faleceu no final de 71. Fiquei completamente perdido. Saí da escola e fui morar com parentes em Porto Alegre. Preocupado em estar perto da minha mãe e dos meus irmãos, nunca mais procurei o grande colega e amigo. Difícil de entender, pois sempre valorizei as grandes amizades. Recentemente me lembrei do Pedro Mário e fiquei muito triste.

EVARISTO DE MACEDO E OS ÓCULOS DO DANRLEI

*Em homenagem a Joel (Jojo) Machado
e Ronald Castro*

Evaristo de Macedo foi um dos melhores atacantes do futebol brasileiro em todos os tempos. Teve uma carreira brilhante no Flamengo, tendo marcado 103 gols em 191 partidas. Depois foi para a Espanha, onde brilhou no Barcelona de 1957 a 1962, e no Real Madrid de 1963 a 1965. Conseguiu a façanha de ser ídolo nos dois clubes. Foi o único jogador que marcou 5 gols pela seleção brasileira, em uma partida em Lima, no Peru, em 1957, em um Sul-Americano em que o Brasil goleou a Colômbia por nove a zero. Na condição de treinador ganhou 8 campeonatos baianos, 4 pernambucanos, um gaúcho pelo Grêmio, em 1990, uma Copa do Brasil pelo Grêmio de 1997, e um brasileiro pelo Bahia, em 1988, ao derrotar o Internacional na final. O homem deu títulos ao Grêmio e tirou um título do Internacional. A minha admiração por ele se deve muito ao fato de ter sido campeão da Copa do Brasil em 97, na gestão do presidente Cacalo, e passando pelo Flamengo no Maracanã lotado, em um jogo memorável, com placar de dois a dois, com gols de João Antônio e Carlos Miguel pelo Grêmio. A torcida do Flamengo já considerava o seu clube campeão, depois do zero a zero em Porto Alegre. Na época eu era Diretor Jurídico, e tive uma imensa alegria, pois o Grêmio se tornou campeão brasileiro de 1996 e campeão da Copa do Brasil. A torcida tricolor estava no paraíso, pois com pouco dinheiro, muitos títulos e um futebol encantador. Eu lembro do nosso vice-presidente de Administração, Dênis Abraão, chegando com a delegação no Estádio Olímpico e carregando a taça de campeão da Copa do Brasil, na condição de chefe da delegação, em face de o presidente Cacalo não estar bem de saúde. Nos abraçamos.

Em 15 de fevereiro de 1997, o Grêmio enfrentou o Juventude de Caxias pelo Campeonato Gaúcho, em Torres, no Estádio Riachão. O jogo deveria ser em Caxias, mas o Juventude concordou com o jogo na mais bela praia gaúcha. Eu, que ainda não era Diretor Jurídico (assumi alguns dias depois), estava acompanhando a delegação a convite do gerente-geral, Miguel Pergher, e do Conselheiro Francisco Moesch. Um pouco antes de a partida começar, o nosso treinador Evaristo de Macedo, que estava segurando uns óculos, me perguntou: "Esses óculos são teus?" Respondi: "Não são meus, mestre, mas também espero que não sejam do Danrlei". Ele achou muito engraçado, me deu um abraço e disse: "Gostei da tua piada, seria horrível se o meu goleiro usasse óculos". Pergunto aos leitores: vocês imaginaram um goleiro usando óculos? Na realidade, Danrlei ficou na história como um dos maiores goleiros do Grêmio em todos os tempos e felizmente nunca precisou usar óculos.

O Grêmio me proporcionou momentos maravilhosos, e esse em Torres foi um dos melhores, em face do episódio dos óculos e da excelente vitória de três a zero sobre o Juventude.

FÁBIO KOFF, O MAIOR PRESIDENTE DA HISTÓRIA DO GRÊMIO

Em homenagem a Fábio Koff Júnior e Omar Selaimem

Em meados de 2012, em um sábado, eu fui a um laboratório no Shopping Bourbon Ipiranga, e encontrei o conselheiro do Grêmio Fábio Koff Júnior. Ele me perguntou: "Artur, você acredita que o pai pode derrotar o Paulo Odone para a presidência do Grêmio?" Eu respondi: "Fabinho, no Conselho Deliberativo o doutor Fábio passa por uma pequena margem, mas perante os sócios a vitória é tranquila. Quem ama o nosso clube não pode deixar de lutar pela vitória do teu pai." Eu busquei muitos votos com amigos gremistas. Estive na campanha do presidente Koff em São Leopoldo e Caxias do Sul. Nesse maravilhoso encontro, grandes dirigentes da história do Grêmio, como Saul Berdichevski e o magnífico atleta Hugo de León. Ao chegar com a turma de amigos conselheiros tive a alegria de encontrar o amigo Carlos Finger e seu filho Douglas, moradores de Caxias que muito nos ajudaram para eleger o doutor Fábio. Outro que muito ajudou foi o meu primo Fernando Ferreira Zuanazzi.

Qual o clube brasileiro e até mundial que não gostaria de ter um Fábio André Koff na presidência? Fábio Koff não é apenas o presidente campeão mundial interclubes, bicampeão da América, campeão da Recopa Sul-Americana, campeão brasileiro, campeão da Copa do Brasil, mas um dirigente com uma visão muito além da normalidade. Um dirigente que, depois de ganhar tudo, aceitou ser novamente presidente em 1993, quando o Grêmio sequer tinha cheque e passava por um momento de muita dificuldade financeira. Fábio Koff fez o Grêmio ressurgir. Trouxe para ser o responsável pelo futebol um brilhante advogado e um apaixonado pelo clube, Luiz Carlos Silveira Martins (Cacalo). Em 1994, a primeira grande conquista foi a Copa do Brasil. Em 1995, o time treinado por Luiz Felipe Scolari surpreendeu o Brasil ao eliminar na Libertadores o poderoso Palmeiras Parmalat, que tinha uma seleção mundial (Cafú, Roberto Carlos, César Sampaio, Flávio Conceição, Rivaldo e outros craques). Um grupo de atletas formado com muita habilidade pelo extraordinário Luiz Felipe e que tinha como time-base Danrlei, Arce, Adilson, Rivarola e Roger; Dinho, Goiano e Carlos Miguel; Paulo Nunes, Jardel e Arilson. Como dizia o presidente Koff: "O Grêmio é a cara do Cacalo". Os invejosos diziam que o Grêmio era violento. Cacalo, depois de um Gre-Nal com um golaço do Dinho: "Violento é o chute do Dinho". Sempre é bom ser gremista, mas naquele que eu defino como "Momento Mágico" era bom demais.

A volta do presidente Koff em 2012 foi fundamental para as negociações do Grêmio com a OAS. Houve novos aditivos contratuais em benefício do nosso clube. Também um excelente trabalho realizado pelo competente engenheiro Evandro Krebs constatou que estavam previstas 60 mil cadeiras na Arena, mas havia apenas 55 mil. Em decorrência, o Grêmio recebeu 10 milhões de reais da OAS.

Obrigado, presidente Fábio André Koff, por tudo. Se alguém merece uma estátua é o pai do grande gremista Fábio Koff Júnior.

FIGUEROA E
O GRÊMIO PERDEDOR

Em homenagem a Silvio Barone

O meu colega de faculdade Elias Figueroa, o maior zagueiro da história do Internacional, era um grande gozador. Um dia, em 1975, ele me falou: "Artur, esse teu Grêmio é muito covarde, pois vencia um GRENAL por um a zero, e os jogadores gritando um ao outro que deveriam se defender. Isso nos deu ânimo e logo empatamos." Eu entendo que o Grêmio não era um time covarde, mas um time sem personalidade, pois do outro lado estavam, além de Figueroa, Manga, Caçapava, Batista, Jair, Falcão, Valdomiro, Dario e Escurinho. Essa frase do meu colega me doeu muito, pois além de ver o maior adversário ganhando títulos em nível regional e nacional, eu tinha que ver o Grêmio normalmente perder os clássicos. Fiquei com essa frase durante anos, pois então ao final de 76 Elis Figueroa e a sua amada Marcela e os filhos Marcela e Ricardo retornaram para Santiago do Chile. Em outubro de 1976, eu encontrei na Feira do Livro o grande treinador Telê Santana. Era um domingo e ele havia estreado no Grêmio em um sábado no Estádio Olímpico, sendo derrotado pelo Fluminense por dois a um. Nunca tinha conversado com ele. Então perguntei se ele tinha alguns minutos para me ouvir. Ele disse que sim e sorriu. Contei sobre a frase do Figueroa, e falei que aquilo teria de mudar. Eu tinha 20 anos e estava conversando com o primeiro treinador campeão brasileiro pelo Atlético Mineiro em 1971, e sendo ouvido atentamente. Ao final, Telê Santana se despediu e falou: "Muito obrigado. Vamos ter que trazer atletas que mudem esse quadro."

Telê Santana fez um Grêmio completamente diferente ao trazer atletas de qualidade, mas principalmente de personalidade: Oberdan, Ladinho, Tadeu Ricci e um garoto chamado Éder Aleixo. Também trouxe de volta o maior goleador do Grêmio em todos os tempos: Alcindo Martha de Freitas. O adversário era o todo-poderoso bicampeão brasileiro e octacampeão gaúcho. O Grêmio ganhava um GRENAL a cada três anos. No primeiro GRENAL de 1977, no Estádio Olímpico, Grêmio três a zero, com dois gols do craque Tadeu Ricci e um do ídolo Alcindo. Parecia um sonho. Ganhamos mais três clássicos, Um de dois a um, com o gol de Iura a 14 segundos, outro de quatro a zero no Beira-Rio, que teve até gol do vento, e o último da conquista do campeonato gaúcho por um a zero com gol de André Catimba, que foi contratado na metade do ano para fazer história no Grêmio.

Depois de tanta comemoração pela conquista no domingo, na segunda-feira teve uma baita festa na PUC. Iura estava presente. Eu nunca havia saído da sala de aula, mas não aguentei e fui comemorar na FAMECOS. Ouvi o professor de Direito Processual Civil (torcedor do tradicional adversário), João Noronha, dizer quando eu estava saindo: "Que ganhem mais seguido, senão vão destruir a PUC".

Telê Santana era um extraordinário treinador; não precisava de ajuda de ninguém, mas sempre fiquei com a sensação de ter ajudado um pouquinho.

IRMÃO MODESTO GIROTTO
E O EDUARDINHO

Em homenagem a Heloísa Guimarães

O irmão Modesto Girotto foi o primeiro Diretor de Ingresso e Registro e o primeiro prefeito do *campus* da PUCRS. Era um homem com forte personalidade. Era muito respeitado por alguns alunos e odiado por outros. Faleceu aos 83 anos em 2003. Foi homenageado com o nome da Praça Irmão Modesto Girotto no Bairro Rubem Berta, em Porto Alegre.

Eduardo, conhecido como Eduardinho, era um jovem estudante de Direito da PUCRS. Era ligado à Liberdade e Luta (Libelu), uma tendência do movimento estudantil brasileiro e do trotskismo. Foi criado em 1976 e dissolvido em 1985. O grupo nasceu com a finalidade de disputar as primeiras eleições do Diretório Central de Estudantes (DCE) da Universidade Federal de São Paulo. Teve forte participação de seus militantes e diretórios e centros acadêmicos do país. O grupo lutou contra a ditadura, tendo inclusive um documentário de 2020 *Libelu – Abaixo a ditadura*.

Ao final dos anos 70, eu participei ativamente do movimento estudantil. Era presidente da minha turma e havia participado de uma chapa que disputou o Centro Acadêmico Maurício Cardoso, tendo como candidato à presidência exatamente o Eduardinho, e com apoio da

Juventude do PDT, do qual eu fazia parte. A turma ligada ao Partido Comunista Brasileiro (PCB) ficou irritada com a nossa chapa, afirmando que ela dividia o campo popular e que a chapa com tendência conservadora sairia vitoriosa. Nossos *profetas* erraram. Venceu a chapa apoiada pelo PCB e MDB, sendo eleito presidente Jorge Garcia. Essa chapa teve a participação de um grande lutador chamado Roberto Siegmann, mais tarde Juiz do Trabalho e presidente da Associação Gaúcha de Advogado Trabalhistas (AGETRA) e da Associação dos Magistrados do Trabalho da Quarta Região (AMATRA). Também era um combativo dirigente do Internacional.

Em 1979, no governo do general João Baptista de Oliveira Figueiredo havia fortes manifestações dos estudantes contra o governo e contra os valores das mensalidades da PUCRS. Lembro de uma em que o Eduardinho fazia um discurso inflamado, criticando o governo, a PUCRS, e principalmente o Irmão Modesto. Foi em frente ao DCE. Logo que cheguei, Eduardinho estava com o microfone e fazendo um forte discurso, com muitos aplausos. Olho para o lado e para a minha surpresa estava escondido, e acompanhando tudo, exatamente o Irmão Modesto Girotto. Cada vez que era criticado, achava muita graça. Sobre o Irmão Modesto fiquei sabendo do seu falecimento em 2003. Sobre o Eduardinho, nunca mais ouvi falar. Belas lembranças da minha vida estudantil em um período de obscurantismo.

JOSÉ BAUER, LUIZ FELIPE E A PRAIA DOS PELADOS

Em homenagem a José Bauer e Maria Bauer

José Bauer da Cunha foi vice-prefeito de Cachoeirinha na primeira eleição de José Luiz Stédile, em 2000. Havia sido anteriormente vereador pelo Partido dos Trabalhadores. Homem simples e extremamente trabalhador, Bauer não era um brilhante orador, mas um homem sempre pronto para trabalhar, e de fácil diálogo. Também fazia política com muita decência. No verão de 2001, ele me convidou para conversarmos em sua casa, no Balneário Gaivota. Ao chegar, ele me apresentou o seu irmão Padre Pedro. Conversamos animadamente durante algumas horas, lembrando inclusive que seu pai havia trabalhado como agrimensor nas terras de meu tio Francisco Ferreira Sobrinho, o pioneiro do Balneário. Quando eu estava para sair, o irmão do Bauer fez uma ligação para seu grande amigo Luiz Felipe Scolari. Padre Pedro e Felipão haviam se conhecido na cidade de Criciúma, quando Felipe foi treinador do time catarinense e campeão da Copa do Brasil. Depois padre Pedro foi servir na paróquia de Belo Horizonte e Luiz Felipe era o treinador do Cruzeiro. Mais tarde se encontraram em São Paulo, quando Felipe foi treinar o Palmeiras. Então padre Pedro passou a ser o conselheiro espiritual de Luiz Felipe, pois, além da amizade, é torcedor do Palmeiras (seu irmão José Bauer, além de outras virtudes, também é gremista). Padre Pedro inclusive comparecia nas preleções do treinador. Um dia Luiz Felipe, muito amigo do conselheiro do Grêmio e radialista Ben-Hur Marquiori, afirmou que o padre puxava os atletas para o lado religioso, enquanto Marquiori puxava para o lado das festas. Conheci Ben-Hur na PUC, em meados dos anos 70, por meio de um amigo em comum, Silvio Fulginitti. Ben-Hur foi delegado de polícia do RS (atualmente aposentado) e secretário de Segurança em Canoas. Além de profundo conhecedor da área de segurança, Ben-Hur Marquiori sabe muito sobre futebol, principalmente sobre o Grêmio. Em decorrência, ele conheceu Luiz Felipe nos anos 90, durante o mandato do presidente Fábio Koff, pois era dirigente das categorias de base do tricolor.

Deixamos o melhor para o final deste texto. Após uma longa conversa com Luiz Felipe, padre Pedro passou o celular para seu irmão. José Bauer conversou com Luiz Felipe, que perguntou onde estavam. Bauer falou que era na Praia dos Pelados. Então Felipão disse: "Como assim, estão em uma praia de nudismo?" Bauer disse: "Não, Felipe, é que na minha praia ninguém tem nada nos bolsos. Aqui só tem pelado." Luiz Felipe, muito católico, então respirou aliviado. Bauer, como de costume um grande gozador, nos fez rir muito.

JÚLIO CESAR, O ALVARÁ E A ROMARIA DA MEDIANEIRA

Em homenagem a Sheila Belló

No mês de setembro de 1930, um grupo de senhoras da comunidade organizou a primeira Romaria do centro de Santa Maria até a Capela do Seminário São José, com a finalidade de suplicar a proteção da Mãe Medianeira contra as balas, pois estava na iminência de eclodir a Revolução de 1930. A partir dessa primeira Romaria foi solicitada às autoridades eclesiásticas a organização de uma Romaria oficial, que acabou acontecendo no mesmo ano, com a participação de colégios, associações religiosas e centenas de fiéis. Os devotos acreditavam que Santa Maria teria sido protegida da Revolução de 30 por intermédio de Nossa Senhora da Medianeira. Hoje a multidão de fiéis supera a própria população de Santa Maria, segundo o IBGE estimada em 283.677 para o ano de 2020.

Eu tinha um cliente do escritório trabalhista de nome Júlio Cesar. Era um sujeito muito trabalhador e um excelente motorista profissional. Raramente ficava desempregado. Mas Júlio Cesar tinha dificuldade em formar uma frase. Ele a cada três palavras falava *tchaca-tchaca*. Para ele isso significava coisas complicadas. Sempre tive curiosidade, mas nunca perguntei ao Júlio Cesar o que era *tchaca-tchaca*.

Em 1984, Júlio Cesar fez um excelente acordo em uma Reclamatória Trabalhista com uma empresa de transporte coletivo de Porto Alegre. Terminada a audiência, ele, muito feliz, me ofereceu carona, e me perguntou em quanto tempo ele receberia o pagamento. Não lembro com exatidão, em face do longo tempo, mas falei que dentro da normalidade, em quatro ou cinco dias. No prazo que eu estipulei ele apareceu no escritório. Falei que tinha que aguardar, pois ainda não tinha sido liberado o alvará. Júlio Cesar passa no dia seguinte, e a mesma explicação. Percebi que ele já estava irritado. A cada dia que ele passava eu tinha que ouvir: "O que adianta a gente fazer acordo se esse *tchaca-tchaca* nunca resolve?" Eu dava razão para ele, mas dizia que eu ia diariamente na Vara do Trabalho (na época Junta de Conciliação e Julgamento) para retirar o alvará. Cheguei a propor para ele ir comigo até a Justiça do Trabalho, para ele ouvir as explicações dos servidores. Ele disse que não poderia ir, pois trabalhava em uma lotação. Finalmente, no décimo quarto dia, depois da audiência foi expedido e assinado o tão esperado alvará. Dei o cheque para ele, que ficou em enorme alegria. Pegou o cheque e guardou. Imediatamente se jogou sobre a minha mesa. Pensei que ele queria brigar. Me deu um grande abraço. Quase chorando falou: "Doutor, eu cheguei a temer que não poderia levar a *nega veia* na Romaria de Nossa Senhora da Medianeira. Ela tem parentes em Santa Maria, e todos os dias me perguntava sobre o dinheiro."

LUIZ HERON ARAÚJO, PEDRO RUAS E OS HONORÁRIOS

Em homenagem a Maria Cristina Carrion Vidal

Eu conheci Luiz Heron Araújo em um Congresso de Advogados na Assembleia Legislativa do RS, em novembro de 1979. Homem de profundo conhecimento sobre Direito e Processo do Trabalho, e um destacado advogado trabalhista, mas com muita simplicidade. Era de uma família de advogados. Seu pai, Afrânio Araújo, foi advogado, assim como seu irmão Carlos Araújo, que foi marido da presidenta Dilma Rousseff. Sua esposa, Olga Araújo, também foi uma destacada advogada trabalhista e Juíza do Trabalho. Em 1986, tomei conhecimento do falecimento do Luiz Heron na Justiça do Trabalho, através de um advogado que havia trabalhado em seu escritório. Fiquei perplexo e triste, pois ele tinha apenas 45 anos, e era o meu candidato para Constituinte Federal pelo PDT. Era modelo para todos os jovens advogados trabalhistas com ideais de justiça social, de honestidade e ética. Heron, pelos excelentes serviços prestados em defesa dos trabalhadores, da ética e do Direito do Trabalho, recebeu justa homenagem com o seu nome e uma placa na Sala dos Advogados da Justiça do Trabalho de Porto Alegre, na Av. Praia de Belas, 1432.

Meu querido e antigo amigo Pedro Ruas trabalhou no escritório de Luiz Heron na década de 80. Tornaram-se grandes amigos. Pedro sempre me falou que tinha muita gratidão ao amigo, pois havia aprendido muito sobre Direito do Trabalho, e que aqueles ensinamentos jurídicos e de ética haviam sido fundamentais para a sua vida como advogado trabalhista e como homem público.

Uma característica de Luiz Heron era a ironia fina. Um dia estávamos almoçando no antigo restaurante da Justiça do Trabalho, em 1982, eu, Pedro Ruas e Luiz Heron. Como de costume, um papo agradável e assuntos variados, que sempre contribuíam ao meu conhecimento. Em determinado momento, Heron deu uma provocada no amigo Pedro Ruas dizendo: "Artur, o Pedro tem amigos advogados defensores de empresas". Pedro que não aceitava provocações, sempre respondendo em alto nível, mas com muita firmeza, disse: "Não vejo mal nenhum em ter amigos advogados honestos como o Carlos Papaleo (tio do desembargador do TRT/4, Emílio Papaleo Zin). O importante é ter amigos decentes. Você alguma vez deixa de cobrar os seus honorários?" A discussão segue em alto nível, como era próprio dos dois amigos. Eu simplesmente ouvindo, pois sabia que ao final sairiam mais amigos ainda. Nisso a querida Dona Mercedes, que era celetista da OAB e trabalhava na sala dos advogados, chama Heron para a sua audiência. Então Heron se vira para mim e diz: "Artur, vou lá fazer a audiência e ganhar os honorários que o Pedro não quer que eu ganhe". Eu me segurei para não rir. Belos tempos da antiga Justiça do Trabalho, onde amigos advogados discutiam em alto nível e saíam da discussão ainda mais amigos. Um dos dias que eu vi meu amigo Pedro Ruas muito triste foi quando do falecimento do Luiz Heron Araújo.

MÁRIO QUINTANA E BRUNA LOMBARDI NA FEIRA DO LIVRO

Em homenagem a Tatiana Borowski Morsch

Os maiores poetas brasileiros contemporâneos na minha opinião são Carlos Drummond de Andrade, Vinicius de Moraes, João Cabral de Mello Neto, Ferreira Gullar, Ariano Suassuna e Jorge de Lima ("o príncipe dos poetas alagoanos"). Confesso que nunca fui admirador da poesia de Mário Quintana, talvez por ele nunca ter feito poesia social, mas do cotidiano. Com o tempo comecei a admirar as suas poesias. O *Mapa* é um poema interessante sobre as ruas de Porto Alegre. O poeminha do contra é uma preciosidade:

> Todos esses que aí estão
> Atravancando o meu caminho
> Eles passarão
> Eu passarinho

Também passei a admirar Quintana quando soube da forte amizade entre ele e meu tio Heitor Saldanha, pois o poeta Saldanha, marido da tia Laura Ferreira, era um homem de enorme sensibilidade e bondade.

Quando Quintana publicava as suas poesias no *Correio do Povo* nos anos 70, ele ficou doente, e então reservou o espaço para Heitor Saldanha. Outro fato que mudou a minha opinião foi o monumento em sua homenagem na Praça da Alfândega, ao lado de Drummond. Uma grande homenagem aos dois poetas, porém a maior homenagem ao poeta do Alegrete foi a Casa de Cultura, no antigo Hotel Majestic, marco arquitetônico de Porto Alegre e local onde o poeta viveu muitos anos. Quem se interessa por cultura e mora em Porto Alegre, certamente que conhece a Casa de Cultura Mário Quintana.

Em 1983, eu estava chegando na Feira do Livro de Porto Alegre e vi uma fila gigantesca para autógrafos. Sabia que era o Mário Quintana que estava autografando. Fiquei surpreso. Encontrei o Índio Vargas, um antigo trabalhista e autor da obra *Guerra é Guerra, Dizia o Torturador*. Perguntei a ele se aquela fila toda era para o Quintana. Ele deu uma grande gargalhada e disse: "Não. A Bruna Lombardi também está autografando ao lado dele." Na verdade Bruna era conhecida como "a musa do Quintana". A amizade entre eles começou em 1977 quando ela estava autografando na Feira do Livro de Porto Alegre, e ele apareceu na fila para pedir um autógrafo. Ela ficou emocionada. Ali começou uma grande amizade. Os dois se correspondiam por cartas e se visitavam anualmente. Quando ele faleceu, ela escreveu o poema *O Anjo*, em sua homenagem. Era o reconhecimento ao poeta famoso que foi prestigiar uma jovem de 25 anos, que estava começando a sua caminhada na literatura. O amigo do meu querido tio Heitor Saldanha já era um poeta conhecido nacionalmente, portanto não precisava de ajuda, mas certamente a presença de uma jovem escritora e atriz ajudou a aumentar a fila.

MAURO KNIJNIK E A PRESIDÊNCIA DO GRÊMIO EM 2008

Em homenagem a Mauro Knijnik

Em 2008 um grupo de grandes gremistas resolveu lançar uma candidatura à presidência do Grêmio, para comandar o clube no biênio 2009/2010 à sucessão do senhor Paulo Odone de Araújo Ribeiro. Entre eles estavam Fábio Koff, Hélio Dourado, Luiz Carlos Silveira Martins (Cacalo), Saul Berdichevski, Mauro Kinijnik, Evandro Krebs, Renato Moreira, Núcleo das Mulheres Gremistas, tendo à frente a conselheira Rosa Foresti, Fábio Koff Júnior, Elvio Pires, Omar Selaimem e outros gremistas de muito valor. O nome escolhido foi Mauro Knijnik com uma longa história na sociedade gaúcha, na política e no Grêmio. Mauro tinha sido secretário da Fazenda do governo José Amaral de Souza, secretário de Desenvolvimento e Promoção de Investimento do governo Tarso Genro, presidente da Federasul, presidente da Bienal do Mercosul e presidente do Conselho Deliberativo do Grêmio. Portanto, tinha um excelente currículo, e era um habilidoso negociador. Ali estava o nome ideal para a retomada da grandeza do Grêmio. Os grupos de oposição ao presidente Paulo Odone foram consultados. Eu participava do Grupo Grêmio Imortal antes da divisão em que foi criado o Grupo Grêmio Vencedor. Uma noite estávamos reunidos no escritório dos conselheiros Renato Paese e Tiago Brunetto, para decidir se Mauro teria apoio do grupo. Discussões em alto nível. Pede a palavra a senhora Regina e diz: "Eu não concordo, pois o Mauro é apenas um bom velhinho". Eu estava ao seu lado, falei que Mauro tinha muitas qualidades, além de ser um bom velhinho, seria um grande presidente, mas ser um bom velhinho em um clube de futebol era uma virtude, pois no futebol há muitos maus velhinhos. O pessoal achou graça e o nome de Mauro Knijnik acabou aprovado, não por seu um bom velhinho, mas por sua enorme capacidade e pela sua bela história no Grêmio.

Houve uma nova reunião para homologar o nome do candidato escolhido. Muita expectativa. Mauro faz um emocionado pronunciamento, e pede desculpas, em face de sua família não aceitar a sua candidatura à presidência do Grêmio. Seria um grande presidente pela sua competência, e pelos gremistas que o apoiavam. Na vida temos que fazer escolhas, penso que Mauro fez a escolha correta, pois a família sempre está acima de tudo. Mesmo triste, dei um abraço nele, pois eu teria agido da mesma forma. Ser presidente de um grande clube é um enorme sacrifício, pois grande parte dos torcedores querem apenas bons resultados, sem refletirem sobre a questão das finanças. Muitas vezes esquecem tudo de bom que o dirigente fez em anos anteriores se os novos resultados não forem novamente positivos. A família sofre muito com as injustiças.

O nosso candidato foi Duda Kroeff, filho do patrono Fernando Kroeff, também um grande gremista.

MAZZAROPI E
O VENDEDOR DE FRUTAS

*Em homenagem a Douglas Ferreira
e Natiele Mattos*

Na tarde do dia 6 de julho de 1983, eu tinha uma audiência na Justiça do Trabalho em Porto Alegre. No mesmo horário o Grêmio jogaria uma decisiva partida contra o América de Cali da Colômbia, pela Libertadores, no Estádio Olímpico. Um colega se ofereceu para fazer a audiência. Fiquei em dúvida entre a responsabilidade com o cliente e a paixão pelo meu clube. Optei pela responsabilidade. Terminada a audiência, peguei um táxi. O jogo estava dois a um para o tricolor. A minha ideia era fazer compras no Mercado Público Municipal e retornar ao escritório. Chego ao centro e pergunto ao vendedor de frutas na rua Marechal Floriano como estava o jogo. Ele: "Dois a um para o Grêmio, mas tem um pênalti para o outro time". Levei medo. O atacante Ortiz pega a bola e Mazzaropi faz pressão. O atacante bate alto no canto esquerdo e Mazzaropi faz uma incrível defesa. Larguei a minha pasta e dei um abraço no vendedor de frutas. O dinheiro que eu iria gastar no Mercado Público eu gastei com maçãs e laranjas com ele. O Grêmio ganhou com gols de Caio e Osvaldo. Vitória fundamental para a conquista da primeiras libertadores pelo Grêmio. Um empate praticamente teria eliminado o tricolor.

A inscrição de Mazzaropi na Libertadores foi decorrente de uma brecha no regulamento, pois ocorreu depois do término do prazo. O presidente Fábio Koff, com a sua habilidade conseguiu convencer os organizadores do torneio que o Grêmio poderia inscrever mais um atleta, pois o atacante Odair havia sofrido grave lesão. O goleiro teve fundamental importância na grande conquista de 83, pois era experiente e muito superior ao outro goleiro, de nome Remi. Mazzaropi está entre os maiores goleiros da história do Grêmio, tendo sido campeão gaúcho seis vezes, da Copa do Brasil, da Libertadores e do Mundial Interclubes. Poderia ter sido bicampeão da Libertadores em 84, mas de forma inexplicável foi dispensado pelo clube, que tinha na presidência o senhor Alberto Galia. O competente Ênio Andrade então o levou para o Náutico de Recife. Enquanto isso, o Grêmio contratou o goleiro João Marcos, que era muito inferior. No ano seguinte, o presidente Irani Santana corrigiu o erro, e trouxe Mazzaropi de volta ao Grêmio para continuar a sua vitoriosa carreira. Meu amigo Saul Berdichevski sempre falou muito bem do grande presidente gremista Irani Santana.

Até hoje eu ainda tenho dúvidas sobre aquele pênalti marcado contra o Grêmio. A bola bate no peito do Baideck e não em sua mão. Talvez Mazzaropi tenha salvo a carreira daquele garoto de 23 anos que estava iniciando. A sua defesa também evitou uma grande injustiça, pois o Grêmio foi muito superior ao clube colombiano.

Voltei outras vezes naquela banca de frutas. Foi um grande dia aquele 6 de julho de 1983.

O MEU AMIGO LUIZ PEREIRA, EM CRICIÚMA

Em homenagem a Luiz Pereira

Luiz Pereira sempre foi muito participativo em relação à política em que foi vereador e presidente da Câmara Municipal de Sombrio/SC, mas principalmente em relação ao Grêmio. Em 1995, ele foi ao Japão transmitir a final do Mundial de Clubes entre o Grêmio e o Ajax. Logo que eu assumi como Diretor do Departamento Jurídico do Grêmio, em 97, o encontrei em um grande supermercado de Sombrio e contei a ele que era Diretor Jurídico do Grêmio. Dias depois, em sua coluna em um jornal da cidade, ele escreveu: "Encontrei o meu amigo Artur Ferreira. Ele estava muito feliz, pois havia sido convidado para fazer parte do Departamento Jurídico do Grêmio. Inclusive me mostrou a carteirinha. Nos abraçamos." Daqueles amigos que sempre buscam valorizar as pessoas. Outra grande característica do Luizinho é ser um católico convicto, e realizar um trabalho social na Paróquia Santo Antônio de Pádua, em Sombrio. Sempre participativo em todas as ações sociais promovidas pela paróquia.

O ano de 2003 foi muito difícil para o Grêmio, pois o presidente Flávio Obino assumiu para o biênio 2003/2004, sucedendo ao senhor José Alberto Guerreiro e as dívidas em decorrência da falência da ISL Não havia dinheiro para pagar nada. Um dos piores anos da história do clube, e ainda o ano do centenário. Eu, que havia sido Diretor Jurídico em um período muito melhor, prontamente aceitei o convite do amigo Pedro Ruas para ser o seu Diretor Adjunto no Departamento de Recursos Humanos do clube. Sabia das dificuldades, mas não poderia fugir ao pedido de um grande amigo, e não colaborar com o clube. Chegamos ao final do ano na iminência de sermos rebaixados. O jogo em Criciúma era decisivo. Um empate ou derrota seria terrível. Na minha coluna no jornal *Tribuna do Sul*, de Sombrio, eu pensei em escrever um artigo sob o título "Vamos invadir Criciúma". Achei muito agressivo. Então fiz: "Vamos colorir Criciúma de azul". Realmente na cidade só se viam pessoas com as camisetas do Grêmio". O estádio Heriberto Hulse completamente lotado pelos gremistas. Ganhamos de dois a zero e escapamos do rebaixamento.

Quando eu almoçava no hotel em que estava hospedada a nossa delegação, tive uma agradável surpresa. Um grupo de gremistas, liderados por Luiz Pereira, foram me cumprimentar. Todos muito eufóricos e confiantes na vitória. Ao término do almoço me dirigi ao estádio. Em frente ao Heriberto Hulse estava o caminhão do Brasinha, e quem estava em cima do caminhão? Luiz Pereira narrando um dos gols mais bonitos da história do futebol brasileiro. O gol de Baltazar no Morumbi contra o São Paulo, na final do Campeonato Brasileiro de 1981, com a nossa primeira grande conquista. A torcida tricolor enlouqueceu com a narração. Se faltava um pouco de empolgação aos gremistas, Luiz Pereira proporcionou. Essas lembranças me deixam muito emocionado.

MIGUEL ZUANAZZI E O GRE-NAL DO DANRLEI

Em homenagem a Miguel Zuanazzi

Em 1980 eu levei os meus primos Fernando e Miguel Ferreira Zuanazzi pela primeira vez ao Estádio Olímpico. O jogo foi contra o São Paulo de Rio Grande, com vitória do Grêmio por dois a zero. O Fernando, levei diversas vezes à Arena, mas Miguel gosta de assistir aos jogos pela TV, pois tem uma tese de que, quando o jogo termina, ele já está em casa. A violência nos estádios afasta muitos torcedores que querem ver o seu clube, mas querem paz. O ano do centenário do Grêmio (2003) não foi bom. O presidente Flávio Obino precisou pagar as dívidas da gestão anterior, em face da falência da ISL. Os recursos ao futebol eram minguados. Atletas importantes como Gilberto não permaneceram. Inclusive o diretor de futebol, Evandro Krebs, foi ao Rio de Janeiro tentar convencer esse excelente atleta a permanecer no Grêmio, mas não foi possível em face das dificuldades financeiras. Na realidade, o vice-presidente de futebol, Saul Berdichevski, e Evandro Krebs fizeram um trabalho extraordinário, em face às dificuldades financeiras. Eu penso que a dedicação deles ao clube naquele momento, demonstrando, além de muito trabalho e competência, um enorme gremismo, nos ajudou muito, pois é fácil dirigir um clube com os cofres cheios. Acompanhei tudo, pois era Diretor de Recursos Humanos, na condição de adjunto do amigo Pedro Ruas. Contrataram como treinador Adilson Batista, que conseguiu evitar o rebaixamento no Campeonato Brasileiro. O quadro social tinha muita dificuldade em conseguir novos sócios, pois o momento era terrível. O diretor do quadro social, Ricardo Padilla, lutou bravamente para conseguir novos sócios, mas era muito difícil. O presidente Flávio Obino é um grande gremista, um homem honrado, mas pegou o clube em um dos seus piores momentos. As receitas eram poucas e as dívidas eram muitas. Nesse quadro tivemos um Gre-Nal no Estádio Olímpico em 15 de junho de 2003. O Grêmio teve uma atuação muito ruim e foi dominado na maior parte da partida. O goleiro Danrlei pegou tudo. Eu olhava a todo momento para o relógio, esperando o término da partida. Final, zero a zero. No dia seguinte, capa de *Zero Hora:* "Danrlei zero, internacional zero". Ao final do jogo eu e o Miguel saímos, e combinamos pegar um táxi na Av. Ipiranga, para relaxar com uma boa caminhada, em face do filme de terror a que tínhamos assistido, porém, um pouco antes do antigo Cine Castelo, vimos uma torcida organizada do nosso adversário. Certamente que não estavam de bom humor. Percebi que meu primo, e excelente professor de História, Miguel Ferreira Zuanazzi, estava preocupado; olhei para o lado e havia um táxi. Efetivamente era o nosso dia de sorte. Danrlei salvou o Grêmio e o taxista nos salvou.

MILTON CAMARGO, PEDRO RUAS, CESAR PACHECO E O MEU VOTO

Em homenagem a Henrique Martins Costa

Eu Conheci Milton Camargo na Justiça do Trabalho ao final dos anos 70. Cesar Pacheco eu conheci, por meio do presidente Cacalo, em meados dos anos 90. Tanto Milton como Cesar são advogados e foram Diretores Jurídicos do Grêmio.

Em outubro de 2013, quando eu era Conselheiro do Grêmio, recebi um telefonema do Pacheco pedindo o meu voto à presidência do Conselho Deliberativo do Grêmio. Concorria contra Milton Camargo para a sucessão de Raul Regis de Freitas Lima. Respondi: "Cesar, não precisava me ligar. O meu voto é teu. Fomos grandes companheiros naquele período que eu chamo de *momento mágico*, com Fábio Koff, Cacalo, Dênis Abraão, Felipão, Paulo Paixão, Ben-Hur Marquiori, Renato Moreira, Evandro Krebs, Henrique Martins Costa, Júlio Rodrigues, Miguel Pergher, e tantos outros." Ele disse: "Eu sei, Arturzinho, mas liguei apenas para te cumprimentar". O Cesar estava correto, pois sempre se deve lembrar de todos os votantes em uma eleição, pois muitas vezes o conselheiro se sente desprestigiado ao não ser lembrado. Também havia um outro motivo para eu apoiar Cesar Pacheco: ao seu lado estavam muitos gremistas com os quais eu me identificava. Ao lado de Milton Camargo, o principal apoio era de seu grupo, o Grêmio Independente. Também o Grupo Grêmio Novo. Esses grupos tinham ligação com Paulo Odone, com o qual eu tinha divergências. Portanto, em uma eleição de um clube de futebol você deve sempre ficar ao lado daqueles com os quais você mais se identifica. Isso nem sempre ocorre, mas eu não concordo com o apoio a pessoas com as quais você tem diferenças.

Eu estava na fila para pegar a senha de votação quando apareceu o amigo Pedro Ruas, na época também Conselheiro. Conversamos durante um bom tempo. Mais tarde chega o Milton Camargo para pedir o meu voto. Pedro olhou para ele e disse: "Milton, eu conheço o Artur desde 1975; ele é a pessoa com mais convicção de todas. Pode ele te convencer a votar no Cesar Pacheco, mas você não vai convencer ele a votar na tua chapa." Milton Camargo falou: "Então eu vou votar logo, pois eu ainda não votei". Na realidade, um certo exagero do meu querido amigo Pedro Ruas, mas também o reconhecimento a minha personalidade, pois eu nunca mudei um voto, sempre tive convicção.

Milton Camargo era o franco favorito, pois os grupos que o apoiavam tinham a maioria absoluta de conselheiros. Esperava-se uma grande diferença de votos, mas a vitória de Camargo foi apertada. Ele recebeu 151 votos e Cesar Pacheco recebeu 138 votos. Milton foi eleito presidente do Conselho Deliberativo do Grêmio para o triênio 2013-2016. O seu vice-presidente era Jorge Bastos.

Essa foi a última eleição ao Conselho Deliberativo do Grêmio no Salão nobre Patrono Fernando Kroeff, no Estádio Olímpico. A eleição seguinte foi na Arena.

EU MOREI 10 ANOS NO ACRE

Em homenagem a Candinha Domingues Fonseca

José Plácido de Castro é um gaúcho de São Gabriel que viveu entre 1873 a 1908, ou seja, apenas 34 anos, quando faleceu em uma emboscada. Era um militar que não concordou com a substituição do Marechal Deodoro da Fonseca pelo Marechal Floriano Peixoto, pois entendia que deveriam ter ocorrido eleições diretas e não a posse do vice-presidente Floriano. Então, mesmo sendo militar, ele ficou ao lado dos revoltosos na Revolução Federalista de 1893 a 1894. Os republicanos, liderados por Júlio de Castilhos, também chamados de chimangos, e os federalistas, liderados por Gaspar Silveira Martins, também chamados de maragatos. O conflito se estendeu entre os Estados do Sul, com exceção de São Paulo, que na época pertencia à Região Sul. Com a derrota dos Federalistas, Plácido de Castro decidiu abandonar a carreira militar, e recusou a anistia aos envolvidos na Revolução. Após fazer o curso de Agrimensor no Rio de Janeiro, foi trabalhar no Acre. Tinha 27 anos quando iniciou a Revolução Acreana de 1902, com a ajuda de seringueiros. Pelo fato de ter sido militar e por ser agrimensor, conhecia bem os segredos da região amazônica, traçando a estratégia da vitória. Portanto, o Acre, que pertencia à Bolívia passou a ser território brasileiro, mas de direito tal ocorreu em 1903, quando assinado o Tratado de Petrópolis, pelo Barão do Rio Branco e o diplomata Assis Brasil pelo Brasil, e o presidente da República e um senador pela Bolívia. O país vizinho foi indenizado em 2 milhões de libras esterlinas, e recebendo parte do Mato Grosso. Em 1906, Plácido de Castro foi nomeado governador do Território do Acre, que foi elevado à categoria de Estado em 15 de junho de 1962. Atualmente há uma estátua de bronze em homenagem a Plácido de Castro na capital Rio Branco, bem como o nome de uma cidade do interior.

Em 2010 eu fui conhecer o bairro Petrópolis, pois havia me mudado recentemente ao bairro. Em um domingo eu estava dando uma caminhada e ao passar por uma praça, perto do Grêmio Náutico União (antigo Petrópole Tênis Clube), encontrei um busto de Plácido de Castro. Isso me chamou a atenção, e comentei com um senhor que estava próximo sobre a vida do homem de São Gabriel. Percebi que ele prestava muita atenção. Ao final, ele perguntou: "Quanto tempo você morou no Acre?" Fiquei perplexo com a pergunta, mas respondi: "Morei 10 anos na capital". Ele disse: "É muito bom morar em outros lugares, pois só assim a gente fica conhecendo a história". Nunca estive no Acre. O único Estado da Região Norte que eu conheço é Rondônia, pois minha filha e meu genro moraram em Porto Velho. Não se tratava de uma pessoa humilde, e sim de um homem com bom poder aquisitivo.

O CELULAR DO RODOLFO

*Em homenagem a Rodolfo Krieger,
Emília Krieger e Letícia Krieger*

Rodolfo Krieger é homem sempre de bem com a vida e um lutador. Conhecemo-nos, por ocasião de um processo trabalhista em campos opostos, em 1991. Rodolfo era o advogado do empregador, e eu do trabalhador. Ele me ligou para estudarmos a possibilidade de uma conciliação. Chegamos a um acordo. Em determinado momento, o empregador falou: "Eu não devo nada, vou fazer esse acordo para não me incomodar". Falei: "Se o senhor entende que não deve nada, então não se faz o acordo". Nisso entra o Rodolfo com sua costumeira habilidade e diz: "Calma, rapazes. Não vamos brigar. Vamos resolver." Ali eu percebi que o empregador não era nada gentil, mas o seu procurador era gentil. Então eu fui datilografar a petição de acordo na minha máquina de escrever Remington, também conhecida como máquina de datilografia, porém, por ser um mau datilógrafo e estar sozinho no escritório naquele momento, perguntei ao colega se ele não gostaria de datilografar a petição. Ele disse: "Artur, se você não se ofender eu posso datilografar". Em questão de minutos estava pronta a petição. Pagamento feito e solucionado o processo.

Desse primeiro encontro surgiu uma grande amizade. Quando tempos depois Rodolfo foi aprovado para Juiz do Trabalho da Quarta Região, ele fez uma festa em sua residência, em Gravataí, para parentes e poucos convidados. Então ele falou: "Hoje eu assumi como Juiz do Trabalho, mas o meu amigo Artur também deveria assumir, pois tem muito conhecimento". Entre as várias virtudes do Rodolfo está a humildade e reconhecer os méritos das pessoas.

Rodolfo foi um juiz que encantava as pessoas pela humildade e educação. Soube honrar a magistratura trabalhista de nosso Estado. Hoje aposentado, serviu de modelo aos seus filhos e filhas nas carreiras jurídicas. Sua incansável esposa Emília foi a primeira da família a entrar na área jurídica, sendo a sua grande incentivadora.

Uma outra característica do Rodolfo Krieger sempre foi ser muito controlado nos gastos. Então eu sempre brincava com ele dizendo que era muito econômico. Na formatura de sua filha Letícia na FIERGS, percebi que o telefone celular dele era dos antigos, o chamado *tijolão*. Falei: "Rodolfo, você precisa de um telefone mais moderno. Abre a mão, meu amigo". Ele, rindo, disse: "Pô, Artur, não é por economia, mas esse é o único que pega o sinal nas minhas terras em São Francisco de Paula". Rimos muito. Ele tinha razão, os primeiros celulares tinham pouca tecnologia. Na verdade, eu queria era brincar com o amigo, que estava radiante de tanta felicidade com a formatura da filha. Atualmente Letícia é procuradora concursada do Município de Gravataí.

O CLIENTE QUE DORMIU NO MEU ESCRITÓRIO

Em homenagem a Antônio Carpes Antunes

A jornada de 12x36 é aquela em que os profissionais trabalham 12 horas consecutivas por 36 horas de descanso. Aplica-se basicamente em serviços de vigilância e Casas de Saúde. Antes da Reforma Trabalhista do Temer, de 13 de julho de 2017, que retirou direitos e dificultou o acesso ao Judiciário, essa jornada só era possível por meio de Acordo Coletivo ou Convenção Coletiva de Trabalho. A partir da Reforma Trabalhista, a jornada de 12x36 pode ser avençada por acordo individual entre empregador e empregado. Apesar de essa jornada diminuir o número de horas prestadas semanalmente pelos trabalhadores, aumenta os acidentes de trabalho e as doenças ocupacionais, em face de uma jornada de trabalho exaustiva, e, em consequência, precarizando as condições de trabalho.

Durante 40 anos atendi aos sábados pela manhã em meu escritório trabalhista, com exceção de um pequeno período em que na condição de procurador municipal, optei pela dedicação exclusiva, e não considerava ético ter dedicação exclusiva e advogar ao mesmo tempo. Era interessante atender aos sábados, pois muitos trabalhadores não tinham tempo de comparecer ao escritório, em face do trabalho das segundas às sextas-feiras. Em um desses sábados apareceu um cliente para saber o andamento de seu processo que estava aguardando sentença. Percebi que ele estava muito cansado. Conversamos durante uns 30 minutos. Eu fiz um gráfico para ele do que ocorria em um processo trabalhista, desde o ajuizamento até o recebimento do alvará, sempre de forma simples e objetiva para facilitar o entendimento. Em um determinado momento ele simplesmente desabou sobre a minha mesa. Tentei acordá-lo, mas não houve possibilidades. Fiquei preocupado com uma possível chegada de um outro cliente, e eu não pudesse atendê-lo, pois a secretária não trabalhava aos sábados. Saí para tomar um suco, e quando voltei o moço ainda estava nos braços de Morfeu. Percebi que ele respirava. Passado um tempo, o cliente acordou. Perguntei para ele o motivo do sono. Ele explicou que trabalhava de porteiro em um hotel na jornada de 12x36, e que saiu do trabalho, tomou um café, e ficou aguardando o ônibus para se deslocar ao meu escritório. Que estava muito cansado. Que dificilmente conseguia descansar ao chegar em casa, depois de trabalhar das 19 horas às 7 horas, pois tinha dois filhos pequenos que faziam muita bagunça. Ao nos despedirmos, dei um abraço nele e falei: "Na próxima vez que você retornar ao escritório, não esqueça de trazer um travesseiro". Ele riu muito.

Quando eu estava explicando o andamento do processo, por meio de um gráfico, e ele pegou no sono, pensei que "estava com conversa para boi dormir".

O DIA EM QUE EU TIVE UM CINEMA

*Em homenagem a Alceu Ramos
e Donatela Dourado Ramos*

Desde garoto eu sempre fui apaixonado por cinema. Ir ao cinema era uma das minhas paixões nos anos 70 e 80. Adorava assistir a filmes em cinemas de rua. O meu cinema preferido era o Cinema Um (Sala Vogue), localizado na rua 24 de Outubro. Depois o Cine Avenida e o ABC. Também assisti a muitos filmes nos vizinhos Astor e Presidente, na rua Benjamim Constant. Também fui muitas vezes no Baltimore e no Cine Ritz, na Protásio Alves, onde assisti a um magnífico filme: *Norma Rae*, com Sally Field, sobre a luta por melhores condições de trabalho em uma fábrica. No Cine Colombo fui poucas vezes. Gostava também dos cinemas do centro: o São João, o Vitória, o Guarany, o Scala e o Imperial. Em uma semana assisti a três filmes em Porto Alegre e quatro no Festival de Cinema de Gramado. Também assisti a filmes em outros lugares. Lembro do extraordinário filme *1900*, de Bernardo Bertolucci, em Copacabana, no Rio de Janeiro, com a agradável companhia do casal amigo Alceu Ramos e Donatela Dourado Ramos. Assisti a vários filmes no Rio de Janeiro. Lembro também de ter assistido *O Pequeno Grande Homem*, com Dustin Hoffmann, em Rivera, no Uruguai.

O fechamento dos cinemas de rua, em face dos *shoppings*, que oferecem estacionamento para carros e motos, além da especulação imobiliária, tirou o encanto de ir ao cinema. Hoje ainda temos em Porto Alegre o Santander Cultural, o Cine Bancários, a Sala P. F. Gastal, no Gasômetro, a Sala Eduardo Hirtz, a Sala Norberto Lubisco e a Cinemateca Paulo Amorim. Estas três últimas na Casa de Cultura Mario Quintana, a Cinemateca Capitólio e o Cine Redenção, na UFRGS.

Havia um cinema chamado Real, em frente ao meu escritório trabalhista na Av. Assis Brasil. Não sei por quê, mas nunca me chamou a atenção. Em janeiro de 1992, a minha família estava em férias em nossa casa no Balneário Gaivota. Depois de 12 horas de trabalho, eu resolvi ir ao cinema. Desci para comprar o jornal e ver a programação. Percebi que havia em frente ao prédio do meu escritório o Cine Real. Fui ver o que estava passando. Era o filme *Um Sem Razão, Outro Sem Juízo*, com Gene Wilder e Richard Pryor. Como já conhecia o trabalho de Gene Wilder, em *Banzé no Oeste*, resolvi entrar. Faltavam 15 minutos para o filme começar. O cinema vazio. Não entrou mais ninguém. Achei estranho. Eu acredito que por ser verão e muita gente na praia, e em face do narrado anteriormente. O enredo do filme era interessante. Eddie é um golpista que foi obrigado a prestar 100 horas de trabalho comunitário para conseguir sua liberdade condicional. Seu trabalho é acompanhar George, um mentiroso compulsivo, que acaba de sair de um sanatório, após anos de internação. Eu consegui rir muito, inclusive por que no meu cinema particular, não atrapalhava o sono de ninguém. Tempos depois o meu cinema fechou.

O DISTINTIVO DO GRÊMIO
E ANTÔNIO BRITTO

Em homenagem a Vinicius Moreira e Gabriela Rosado

As eleições ao governo do Estado do Rio Grande do Sul em 1998 foram muito disputadas. O governador Antônio Britto, do PMDB, buscava a reeleição e tinha ao seu lado no primeiro turno onze partidos. Enquanto isso, o candidato do Partido dos Trabalhadores, Olívio Dutra, tinha apenas quatro partidos em sua coligação. Em face dessa ampla coligação, eu escrevi um artigo no jornal *Tribuna do Sul,* de Sombrio/SC, sob o título de "O palanque de Antônio Britto vai cair". Era uma ironia ao número de partidos em apoio ao então governador, o que deixaria o palanque pesado. O resultado do primeiro turno foi 2.319.302 para Antônio Britto, com um percentual de 46,39%. Olívio fez 2.295.503 com um percentual de 45,92%, e a senadora Emília Fernandes, do PDT, fez 309.315 votos, com um percentual de 6,18%. Os demais quatro candidatos não somaram dois por cento dos votos válidos. A surpresa negativa foi a senadora Emília Fernandes, que fez apenas 309.315 votos, com um percentual de 6,18% dos votos válidos. A sua votação foi inferior à do candidato do PDT ao senado, o advogado trabalhista e vereador Pedro Ruas, que fez 526.395 votos. A baixa votação de Emília foi decorrente da polarização entre PMDB e PT. Também Emília Fernandes havia sido eleita senadora de forma surpreendente pelo PTB, em face do forte apoio do então deputado estadual e comunicador Sérgio Zambiasi, porém havia se desfiliado do PTB e entrado no PDT.

O segundo turno seria uma nova eleição, pois o PDT decidiu apoiar Olívio Dutra. Lembro que no dia posterior ao resultado do primeiro turno, eu cheguei na prefeitura de Cachoeirinha e um secretário municipal me perguntou quem o PDT iria apoiar. Resposta: "Não sou dirigente da Executiva Estadual do PDT, mas pela minha vivência tenho certeza de que vai apoiar Olívio Dutra, e se isso acontecer Olívio será eleito". Ele ficou muito brabo, pois o prefeito, que era do PDT, estava apoiando Britto, e inclusive se desfiliou do partido para não ser expulso.

Uns dias antes do segundo turno eu estava indo ao fórum de Cachoeirinha, o qual ficava na rua dos bancos, ao lado do Banrisul. O prédio da Prefeitura ficava na rua Fernando Ferrari. Encontrei um enorme grupo de rapazes com a bandeira do Britto. Perguntei a um deles quanto ele ganhava por dia. Resposta: "Faço de graça". Insisti na pergunta, mas ele não abria o jogo. Então quando eu estava indo embora, percebi que ele tinha um distintivo do Grêmio na camiseta. Falei para ele que eu era Diretor Jurídico do Grêmio, e mostrei a carteirinha. O rapaz disse: "Eu nunca conversei com um diretor do Grêmio. Estou emocionado. Então vou lhe dizer que eu sou pago, pois preciso do dinheiro, mas não vou votar nesse candidato."

O apoio do PDT foi decisivo. Brizola inclusive colocou um bigode de plástico no comício da Frente Popular no Largo da Epatur. Resultado final: Olívio 2.844.767

votos, com o percentual de 50,78% dos votos válidos, e Antônio Britto 2.757.401 dos votos válidos, com um percentual de 49,22% dos votos válidos. Também teve fundamental importância no resultado das eleições a determinação do então juiz eleitoral, hoje desembargador do TJ/RS, Carlos Roberto Canibal, que, atendendo ao Ministério Público Estadual, mandou apreender os jornais *Zero Hora* e *Correio do Povo*, onde o presidente Fernando Henrique, por meio de "apedido", declarava que o RS teria vantagens se Britto fosse reeleito.

O GRE-NAL DE 11.11.73
NO BEIRA-RIO

Em homenagem a Luciane Tabbal, Rosane Tabbal, Arthur Alexandre Tabbal e Teresa Ferreira Haase

Em 11 de novembro de 1973, eu, com 17 anos, estava planejando assistir ao Gre-Nal no Estádio Beira-Rio, nas arquibancadas. A ideia era convidar algum amigo gremista e irmos no campo do adversário, porém, ao visitar meu tio e padrinho Arthur Ferreira Filho, encontrei o seu genro médico Hugo Benno Haase. Ele me perguntou se eu queria assistir ao jogo nas cadeiras, mas teria que ficar sozinho, pois ele iria ficar do outro lado, junto aos irmãos, também médicos, Miguel e Gabriel Tabbal. Doutor Hugo era casado com a minha prima Helena, e doutor Miguel era casado com a irmã da Helena, de nome Fanny. Fomos cedo para o estádio, e entramos juntos. Doutor Hugo me levou até a minha cadeira e disse: "Um bom jogo". Um profeta. Realmente para mim foi um bom jogo. O estádio lotou, com um público de 85 mil torcedores, pois naquela época havia menos cadeiras, em decorrência mais espaço. Eu ansioso até por estar sozinho e no campo do adversário, esperando o início da partida. Quando o Grêmio entrou em campo, eu me empolguei e levantei. Alguém que estava logo atrás gritou: "Senta, pois só você está em pé". Olhei para trás e me sentei. A minha empolgação terminou imediatamente, pois logo a um minuto de partida o Internacional, em seu primeiro ataque, marcou com Valdomiro. A minha tristeza foi enorme, pois o adversário tinha um time superior. Além de estar perdendo, o fato de estar sozinho no meio da torcida adversária e não poder xingar o juiz era horrível. Às vezes dava vontade de ir embora. Aos 88 minutos eu olhei no relógio e perdi as esperanças. Achei que era muito ficar até o final e ver a festa da torcida adversária. Então levantei e fui embora. Quando já estava fora do estádio ouvi no radinho do senhor vendedor de pipocas um grito de gol. Perguntei quem havia feito o gol. Ele falou: "Eles". Perguntei o valor da pipoca e dei o dinheiro a ele, e voltei correndo para as cadeiras sem pegar as pipocas. Festejei em frente a torcida adversária, que estava paralisada, pois o gol aconteceu aos 89 minutos. O autor do gol foi Alvimar Eustáquio de Oliveira, um mineiro conhecido como Mazinho, que havia sido companheiro de Pelé em 1971, no Santos. Também jogou ao lado de Oberdan, que mais tarde fez história no Grêmio. Então aguardei o final da partida, e me dirigi para a Churrascaria Saci, onde já estavam os três médicos torcedores do Internacional. Todos muito tristes, e eu em uma alegria incontida. Doutor Hugo então falou: "Nós tristes e esse gremista aqui muito feliz. Ele não consegue nem disfarçar." Doutor Miguel falou: "Eu preferia começar perdendo e empatar no final, pois é muito melhor". Doutor Hugo disse: "Mas o teu coração não iria aguentar".

    Anos depois assisti a dois Gre-Nais nos camarotes do Beira-Rio, mas o Gre-Nal de 11-11-73 foi inesquecível. Dois grandes médicos e dois homens de muito valor, doutor Hugo e doutor Miguel. Profissionais competentes e extremamente educados.

O MEMORIAL PONTES DE MIRANDA EM MACEIÓ E A BERMUDA

Em homenagem a Fernando Broecker

A questão do uso obrigatório de determinado tipo de vestimentas para acesso ao Poder Judiciário nunca teve consenso. Há os que defendem a tradição conservadora e aqueles que são liberais. Penso que deve haver sempre bom-senso. Eu tive um cliente que foi no calor do verão de Porto Alegre fazer uma audiência de bermuda e camiseta. Estava 40 graus. O pessoal da segurança não permitiu a sua entrada. Como não havia tempo para ele retornar a casa, o moço teve uma excelente ideia, que foi ir em um posto de combustíveis e alugar as roupas do frentista. Coincidentemente, as calças e a camisa serviram muito bem.

Em uma das vezes em que eu estava na bela Maceió, fui à praia pela manhã e reservei a tarde para caminhar pelo antigo bairro Jaraguá, para conhecer os seus prédios belíssimos. O prédio da Associação Comercial de Maceió é espetacular, em estilo greco-romano, mas mal conservado. Depois de caminhar pelo antigo bairro, resolvi ir ao Memorial Pontes de Miranda, no prédio da Justiça do Trabalho, que fica no terceiro andar do Tribunal Regional do Trabalho da Décima Nona Região. Era uma tarde muito quente e eu estava de bermuda, camiseta e tênis.

O porteiro informou que eu não poderia entrar, pois não estava com vestimentas adequadas. Eu falei que já havia ido a outros museus em Maceió com as mesmas vestimentas, e que não estava ali para fazer audiência e sequer iria circular pelos corredores e demais andares, mas apenas iria ao terceiro andar, no Memorial Pontes de Miranda. Depois de muita insistência, consegui entrar, pois havia um ato recente da presidência do TRT/19, determinando que para ir ao Memorial não seriam necessárias as mesmas vestimentas das demais dependências. O chefe da segurança, brincando, falou que iria fazer uma ponte até o Memorial para eu me deslocar. Respondi: "Que seja uma ponte de Miranda". Depois de tudo isso, tive uma agradável surpresa. O local é muito organizado e a funcionária que me atendeu muito competente e gentil. O Memorial foi instituído em 01-06-1994 com a finalidade de homenagear Pontes de Miranda, nascido em Maceió, bem como contar a história do Judiciário Trabalhista em Alagoas. Tem uma biblioteca inclusive com obras do jurista alagoano, fotos, jornais e atas das primeiras audiências. A primeira Junta de Conciliação e Julgamento (hoje Vara do Trabalho) em Maceió foi instalada em 01-08-1941, quando ainda pertencia à jurisdição do Tribunal Regional do Trabalho da Sexta Região (Pernambuco). O TRT/19 foi criado pela Lei 8.219, de 29-08-1991, e instalado em 28-06-1992.

    Maceió não tem apenas uma natureza deslumbrante, mas também muita história, uma culinária maravilhosa e belos prédios arquitetônicos.

O MENINO QUE VENDIA LARANJAS E O FREDERICO HEXSEL

Em homenagem a Ricardo Padilla

Alceu de Deus Collares, filho de pais analfabetos, nascido em 7 de setembro de 1927, no interior do município de Bagé. Um menino dinâmico que gostava muito de ir ao Cine Coliseu de sua cidade para assistir aos filmes de faroeste de John Wayne, mas também gostava muito de jogar futebol. Foi um bom jogador de futebol, jogando no Grêmio Esportivo Bagé, que tinha um time de qualidade para fazer frente ao seu grande rival, o Guarani de Bagé. Também foi vendedor de laranjas para ajudar a família, pobre. Trabalhou ainda nos Correios e Telégrafos. Um bravo lutador, pois aos 11 anos foi tirado da escola pelo pai para ajudá-lo como quitandeiro. Só retomou os estudos aos 20 anos, quando estava casado com dona Antônia, e tendo dois filhos pequenos.

A sua primeira filiação partidária foi o antigo e bom PTB de Getúlio Vargas, Alberto Pasqualini, João Goulart, Leonel Brizola, Darcy Ribeiro e Elim Ferreira (meu pai, primeiro presidente do Diretório Municipal em Bom Jesus, em 1946). A filiação ocorreu em 1959 e foi abonada pelo presidente do Diretório Metropolitano, Wilson Vargas da Silveira. Interessante que quando me filiei ao PDT, Collares era o candidato natural ao Piratini, em 1982; Wilson Vargas tentou a indicação, mas não conseguiu, pois o homem de Bagé era uma liderança mais expressiva. Depois, com o bipartidarismo, em 66, entre MDB e Arena, Collares se filiou ao MDB. Mais tarde, com o fim do bipartidarismo, Collares foi um dos fundadores do PDT, pois a sua origem era o trabalhismo.

Vereador de Porto Alegre, deputado federal, prefeito de Porto Alegre e governador do Estado. Como deputado federal três vezes, fez um excelente trabalho, sempre com a bandeira dos trabalhadores. Nas três vezes foi escolhido pelos jornalistas políticos de Brasília como o político do ano, que era uma tradição na época. Era conhecido como o "deputado do salário mínimo".

Em setembro de 2004, nas eleições ao Conselho Deliberativo do Grêmio, aparece para votar o então conselheiro Alceu Collares. A turma formou um *bolinho* ao redor do homem de Bagé, Nisso Ricardo Padilla, que era Diretor do Quadro Social, disse: "Doutor Collares, nós temos um colega, o Frederico, que imita muito bem o senhor". Então o conselheiro Frederico Hexsel, depois de alguma insistência da turma, falou: "Mas nem Romeu amou tanto Julieta como eu amo a Neuza". Uma imitação perfeita do Frederico. Foi uma enorme gargalhada. Então Collares se vira para o Frederico e diz: "Mas bah, rapaz, você me imitando é um perigo, parece eu. Não vou deixar a Neuza te ver, pois ela pode se apaixonar, pois novinho e bonito desse jeito." Foi um momento de grande descontração naquele período muito difícil para o Grêmio.

O PROFESSOR GUIDO WELTER E AS GÊMEAS

Em homenagem a Cecília Welter

Guido Waldemar Welter foi um dos melhores professores da Faculdade de Direito da PUC/RS em todos os tempos, e um dos maiores magistrados da Justiça Estadual do Rio Grande do Sul. Ele não avaliava o conhecimento dos alunos apenas por notas, mas também pela cultura geral. Era um homem diferenciado e um ser humano admirável. Não valorizava as pessoas em face da ostentação, mas em face do esforço, da competência e da busca pelo conhecimento. Tivemos uma forte identidade e uma grande amizade. Era também um gozador. Ele pediu que eu lhe mandasse por *e-mail* os meus artigos nos jornais de Sombrio e Torres. Mandei muitos e ele respondia demonstrando conhecimento e admiração pelos textos. Em um dos artigos ele constatou um erro de português (na verdade foram vários), então ele lembrou que eu havia comentado há muito tempo que no segundo grau tive um professor de Português descendente de chineses e disse: "Artur, claro que você às vezes vai ter erros de português, pois o teu professor era descendente de chineses". Achei muita graça. A nossa única diferença era clubística, pois ele torcia para o Internacional.

Em 1979, ao final do curso de Direito, eu fiz a minha prova de Direito Processual Civil e mudei de lugar, pois aguardava as gêmeas Ceris e Célia terminaram a prova, em face de serem as colegas que me davam carona depois que Elias Figueroa e Marcela voltaram ao Chile. Também recebi muitas caronas da amiga Rúbia Rita Gama Costa. Mas enquanto eu aguardava, eu que estava com o texto do *Correio do Povo*, em que o deputado estadual Jarbas Lima, da Arena, fazia críticas a Leonel Brizola, então resolvi responder, pois era o Secretário-Geral da Juventude do PDT no Rio Grande do Sul. Estava empolgado na resposta, e não percebi que o professor Guido havia se aproximado. Então ele falou: "Artur, não acredito que você está dando cola para as tuas colegas". Não falei nada, simplesmente mostrei para ele o texto que eu estava escrevendo. Ele leu, sorriu e disse: "Bah, Artur, me enganei feio. Gostei do teu texto." Respondi: "Guido, eu não sei Direito Processual Civil nem para o meu conhecimento, como eu vou passar cola para as colegas?" Terminada a prova, as gêmeas estavam curiosas para saber o que tinha acontecido. Expliquei. Elas riram muito. Mais de 20 anos depois, convidei o amigo Guido Welter para jantarmos na Churrascaria Mosqueteiro, que ficava ao lado do Estádio Olímpico, e era a melhor churrascaria da capital. Ele lembrou do fato e disse: "Naquela vez me enganei, mas agora não me engano, você é um amigo raro". Confesso que fiz este capítulo com forte emoção.

O ADVOGADO E A MOÇA JOVEM

*Em homenagem a Jussemara Ferreira Zuanazzi,
Magali Ferreira Zuanazzi e Thaís Ferreira Zuanazzi*

O machismo é um dos maiores malefícios para uma convivência harmônica entre um casal. A busca da igualdade e do respeito deve sempre prevalecer, pois homens e mulheres têm a mesma importância na sociedade, e os direitos são iguais, ao menos na teoria.

A prática do machismo ocorre por frases do tipo: "Eu não gosto de ser dirigido por mulheres, pois eu tive uma chefe na empresa que era autoritária". Dos chefes autoritários e incompetentes você não lembra? Na realidade, você não aceita ser dirigido por mulheres em face da sua formação familiar.

Na prática o machismo se revela quando o machista afirma que homens e mulheres têm papéis distintos na sociedade e que não podem ter os mesmos direitos, em face da sua inferioridade nos aspectos físicos, intelectuais e sociais. No passado muitas mulheres não casavam por amor, mas por escolha do pai. Era o que eu chamo de "amor sem escolha", o que causava muita dor. Nesse aspecto tivemos uma evolução, pois a luta das mulheres por direitos políticos e sociais, pelo chamado *feminismo*. O início do movimento feminista surgiu em 1848, quando Elizabeth Stanton e Lucretia Mott começaram a lutar pelo direito de voto e de serem votadas das mulheres nos Estados Unidos (Movimento Sufragista). No Brasil, as mulheres conquistaram o direito ao voto em 24-02-1932, por meio do Decreto 21.026, do então presidente Getúlio Vargas. Na Constituição de 1934 houve a consolidação do voto feminino, porém como o que cai do céu é a chuva, o voto feminino no Brasil também foi fruto de muita luta das mulheres.

Em 2003, havia um restaurante na Av. Flores da Cunha, em Cachoeirinha, o Ravena, que era um bom restaurante, um dos melhores da cidade. Um dia, eu chegando para almoçar, recebi o convite de um colega de diretoria do Grêmio, o qual estava almoçando com um grupo de advogados. O assunto da turma era Direito Tributário. Minutos depois apareceu uma garota que chamou a atenção do grupo. Então o colega disse: "A gente olha para uma coisinha linda e dá vontade de chegar em casa e dar uma surra na velha". Eu fiquei perplexo com o machismo e a deselegância do *doutor*. Eu sabia que ele era um grande machista, pois falava mal das mulheres, dizendo que eram golpistas, pois casavam para conseguirem ficar bem financeiramente, mas nunca pensei que ele fosse falar dessa forma sobre a sua companheira de muitos anos. Eu não perdi a oportunidade e disse: "Em primeiro lugar, quando você a conheceu, ela era jovem. E será que ela também não tem vontade de dar uma surra no bagulho?" Ele ficou vermelho e não disse nada. Foi uma enorme gargalhada dos seus colegas.

Este capitulo eu fiz em um sábado, depois de ter feito o almoço e lavado a louça.

O ADVOGADO, OS CACHORROS E A DISTRIBUIÇÃO

Em homenagem a Rosa Foresti

A importância da informática em todas as áreas é inegável. Na Justiça do Trabalho, tivemos uma enorme evolução. Lembro que nos anos 80 o cliente me falou que a empresa havia feito o depósito do valor da condenação. Em decorrência me dirigi até a Vara do Trabalho (na época Junta de Conciliação e Julgamento). Era uma sexta-feira. Pedi ao servidor para olhar os autos processuais. Ele foi até o fundo da secretaria e ficou um bom tempo. Retornou e disse: "Não consegui localizar. Volta na segunda-feira". Liguei ao cliente e expliquei. Na segunda-feira retornei, e o mesmo servidor me atendeu. Fez o mesmo procedimento do atendimento anterior, não localizou os autos processuais e disse: "Não localizei, volta na sexta-feira". Liguei ao cliente. Ele disse que não aceitava a explicação. Sugeri que ele me acompanhasse no dia seguinte até a Justiça do Trabalho para ouvir as explicações, e que eu iria falar com o Diretor do Cartório. Ele disse que não poderia, pois trabalhava. No dia seguinte retornei, e o servidor mais uma vez não localizou os autos processuais. Então repetiu a frase padronizada: "Volta na sexta-feira". Eu disse: "O senhor poderia gravar essa frase, pois a explicação é sempre a mesma". Ele voltou ao fundo da secretaria e ficou ironizando. A servidora que estava acompanhando tudo, de nome Antônia (excelente servidora), disse: "Artur, você é um dos advogados mais educados que eu conheço. Um dia eu estava em uma festa de servidores, e comentamos sobre os advogados, vários lembraram de você como exemplo de respeito e educação. Não estou te entendendo." Respondi: "Antônia, uma coisa é ser educado, outra é ser bobo. O teu colega está me desrespeitando." Nisso o servidor pouco eficiente (conheci apenas três que destoavam das centenas de servidores com os quais eu convivi na Justiça do Trabalho do TRT da Quarta Região) localizou os autos processuais. Em poucos dias retornei, e o alvará estava liberado. O cliente, como forma de gratidão, me pagou um churrasco na antiga Churrascaria Santa Teresa, na Av. Assis Brasil, ao lado do Hospital Cristo Redentor.

Fiz o relato acima para demonstrar a importância da informática. Tal não teria ocorrido se fosse possível localizar sem a necessidade de ter que procurar as antigas fichas. A informatização facilitou demais a vida dos servidores e das partes.

No início do ano de 1990, eu me dirigi à distribuição da Justiça do Trabalho, pois havia distribuído algumas ações no último dia antes do recesso. Ao chegar, fiquei impressionado com a bagunça das papeletas. Havia uma mistura entre as de 1990 com as do ano anterior. Depois de uns 20 minutos, deixei tudo organizado. Logo chegou um advogado e misturou tudo novamente. Olha para mim e diz: "Doutor, tem uma OAB 50 mil. Temos advogados em excesso. Hoje tem mais advogado do que cachorros." Não perdi a oportunidade depois do meu trabalho na organização daquilo que o *doutor* destruiu. Respondi: "E às vezes eles se parecem". Eu não sei se ele entendeu.

O CAPITÃO NIKOLAS

Em homenagem a Rúbia Rita Gama Costa

Entre tantas maravilhas em Alagoas, uma delas é a Praia de Capitão Nikolas. Demorei para conhecer essa praia. Fui a Maceió pela primeira vez em 2009, mas fui conhecer a Praia de Capitão Nikolas apenas na quinta viagem ao meu paraíso, em 2013. Fui sozinho, pois Celina havia retornado para fazer uma audiência. Ao chegar perguntei a um garoto que trabalhava na praia sobre a origem do nome. Ele não soube dar maiores explicações, mas disse: "O capitão Nikolas anda por aí, sempre com um cachimbo, parece o Popeye". Agradeci e fui ao mar. Na volta fui tomar uma água de coco. Ao chegar ao bar, percebi que ao meu lado estava um senhor com as características descritas pelo garoto. Cumprimentei-o e perguntei a ele o seu nome. Ele disse: "Eu sou o Capitão Nikolas, e qual o teu nome? De que lugar que você é?" Falei: Porto Alegre. Ele gostou e disse: "Você é de Primeiro Mundo". Começamos a conversar, e ele me perguntou o que eu queria beber. Falei que mais uma água de coco. Ele disse: "Gostei de você. Enquanto estiver aqui, você é meu convidado. Escolhe o melhor *whisky* por minha conta". Falei que não apreciava *whisky* e que a única bebida alcoólica que eu gostava era *cuba libre*. Então ele disse: "Faz a melhor cuba para o meu amigo por minha conta". Bebi, e ele pediu outra. Eu nunca havia bebido duas *cubas libres* no mesmo dia. Conversamos mais de uma hora. Ele um grego e capitão da Marinha Grega, havia chegado em Alagoas no início dos anos 2000 e investido 20 milhões de reais para viabilizar o complexo. Falou-me que tinha apenas uma filha, que era advogada em Atenas. No final me abraçou e disse que tinha que trabalhar.

A Praia de Capitão Nikolas fica na ilha de Croa, a 41 km de Maceió, no Município de Barra de Santo Antônio. O nome em homenagem ao Capitão Nikolas foi uma forma de gratidão ao grego, pela criação de empregos e geração de tributos.

Após o almoço, em face do cansaço, pois eu havia nadado muito (sem coordenação) e corrido na praia, fui descansar. Peguei uma rede na sombra e apaguei. Só acordei algumas horas depois, ao ser chamado por dois rapazes. Acontece que o horário para o retorno da nossa van era 16 horas. E já eram 16h e 30min. Estavam me procurando há meia hora. Quem conseguiu me achar foi um baiano que havia ficado ao meu lado na van e conversamos muito na viagem até a praia. As duas cubas do Capitão Nikolas me levaram a nocaute. Que dia mais maluco foi aquele!

Quando retornei pela oitava vez a Alagoas, fui com Celina à Praia de Capitão Nikolas. Perguntei pelo capitão, mas ele arrendara o complexo a um grupo de empresários de Curitiba e havia retornado para a Grécia. Mais tarde fiquei sabendo que ele havia falecido.

O CASO WATERGATE E
O MATHEUS

*Em homenagem a Nuno Ferreira Becker
e Vera Lúcia Lacerda Becker*

O caso Watergate foi um escândalo político durante a campanha do candidato Richard Nixon à presidência dos Estados Unidos em 1972, quando buscava a reeleição pelo Partido Republicano. Cinco pessoas foram presas na tentativa de fotografar documentos e instalar aparelhos de escuta na sede do comitê do Partido Democrata, no complexo de escritórios de Watergate, em Washington. O jornal *Washington Post*, no dia seguinte, publicou uma matéria sobre a invasão. Mais tarde um informante conhecido como *Garganta Profunda*, que era um funcionário do alto escalão do FBI, revelou que Richard Nixon sabia das operações ilegais. No livro *Garganta Profunda*, de autoria de John Connor e Mark Felt, eles descrevem todos os detalhes da operação criminosa.

Em 9 de agosto de 1974, Nixon, para evitar o *impeachment*, renunciou à presidência da República.

No ano de 1972, eu fazia o Curso de Contabilidade na Escola Estadual Irmão Pedro, na rua Félix da Cunha, próximo à residência do amigo Rafael Dourado. Eu não tinha nenhuma aptidão para contabilidade, pois gostava era de História do Brasil, História Geral e Literatura Brasileira. Porém, como havia perdido o meu pai, fui morar com parentes, os quais me matricularam nesse curso. Foram três anos perdidos, mas todas as experiências, mesmo não sendo as melhores, servem para a nossa evolução espiritual. O professor de Português de sobrenome Zambom, com o intuito de fazer com que os alunos perdessem a inibição, resolveu dar um trabalho a cada aluno, de livre escolha e a ser apresentado em sala de aula, e a avaliação deveria ser feita por uma banca de quatro colegas. Os três primeiros colegas apresentaram o trabalho e obtiveram nota 9. Na ordem alfabética, eu era o apresentador na quarta aula seguinte. Escolhi o tema Watergate. O professor disse: "Menino, esse tema é muito difícil, faz igual aos teus colegas, pega água com açúcar". Eu respondi: "Professor, eu gosto de desafios". Fiz um estudo profundo sobre o tema. Apresentei o trabalho e fui aplaudido pelos colegas. A banca se reúne e dá a nota 8,50. Fiquei triste, mas conformado, afinal era uma boa nota. Surpreendentemente, um colega de nome Matheus, que não era meu amigo, pediu a palavra e disse: "Vocês estão de palhaçada. Foram apresentados trabalhos ridículos e vocês deram nota 9. O colega apresentou um excelente trabalho e vocês dão nota inferior." Um dos membros da banca disse: "Era para 9,50, mas como ele estava nervoso tiramos um ponto". Matheus falou: "Tirar pontos por estar nervoso, foi isso?" Ele é o mais novo da turma e recém chegou do interior. Ele não está fazendo testes para locutor. Será que não foi inveja porque ele foi o único aplaudido e apresentou um tema complexo?" O professor Zambom, com o intuito de evitar mais discussões, não deu prosseguimento às apresentações dos trabalhos.

O CLIENTE DO ESCRITÓRIO E O OLACYR DE MORAES

Em homenagem a Clóvis Santos

O lacyr de Moraes foi o maior produtor individual de soja do mundo, conhecido como "Rei da Soja". Era proprietário da Fazenda Itamarati, localizada no cerrado do Mato Grosso. Foi também grande produtor de cana-de-açúcar e de etanol. Chegou a ter mais de 40 empresas nos setores agrícola, de construção civil e explorador de minérios. No final da década de 90, o seu império começou a entrar em crise, com maus negócios, como a ferrovia Ferronorte. Teve que se desfazer de suas propriedades. A fazenda Itamarati foi desapropriada pelo governo e virou assentamento do Movimento dos Trabalhadores Sem Terra (MST).

Porém, o *sucesso* de muitos milionários muitas vezes é feito com o suor e o sangue dos trabalhadores. O empresário, para obter mais lucros, utilizava a chamada terceirização, que é quando uma empresa (prestadora de serviços) contrata um trabalhador para prestar serviços a uma segunda empresa (tomadora de serviços). Essa ganância leva os trabalhadores da empresa prestadora a realizar os mesmos serviços dos trabalhadores da empresa tomadora, mas com salários inferiores. Outro aspecto fundamental é quanto a acidentes de trabalho, pois os terceirizados trabalham sem equipamentos de proteção individual de trabalho, e muitas vezes sem qualquer fiscalização pelo tomador. A exigência é produzir, mas não dar condições dignas de trabalho. Na prática ocorre a precarização das relações de trabalho.

Um cliente do escritório, morador de Cachoeirinha, foi, com um grupo de trabalhadores contratado por uma prestadora de serviços, trabalhar na fazenda Itamarati. Trabalhava como pedreiro. As condições de trabalho eram as piores possíveis. As promessas feitas pela empresa contratante nunca foram cumpridas. Estava pensando em voltar, mas precisava do dinheiro para sobreviver e mandar parte para a família. Ficava sempre em dúvida. Essa dúvida terminou quando ocorreu um triste episódio. Meu cliente estava na patente da obra (uma casinha de madeira), quando percebeu uma briga entre um colega de trabalho e o capataz. Ouviu vários tiros, mas quando um estourou na *casinha* ele entrou em desespero e saiu correndo pelado. Ficou um bom tempo escondido. Quando tudo voltou à normalidade, ele retornou e pegou a sua roupa. Virou motivo de gozação dos colegas durante muito tempo. Um gozador disse: "Você é o verdadeiro pelado, sem dinheiro e sem roupa". Dias depois ele recebe o salário, veste a roupa e volta para o Sul.

Esse é um exemplo típico de trabalho análogo à escravidão. Em decorrência, temos que cada vez mais fortalecer o Ministério do Trabalho, o Ministério Público do Trabalho e a Justiça do Trabalho para fiscalizar e multar essas empresas que desrespeitam a dignidade do ser humano para o Brasil ter um patamar mínimo civilizatório.

O GARÇOM E OS MEUS FILHOS

Em homenagem a meus filhos Amanda e Artur

Em Porto Alegre havia nos anos 80 e 90 uma churrascaria na Rua Benjamim Constant. A Churrascaria Walter era simples, mas sempre com boas carnes e excelente atendimento. Um preço acessível. A minha preferida era a Churrascaria Mosqueteiro, não apenas por pertencer ao Grêmio, mas por ser excelente. Em 1998, quando eu era Diretor Jurídico do Grêmio, eu comemorei um aniversário na Mosqueteiro. Ocorre que em face de naquela época eu morar na zona norte, algumas vezes eu levava a família à Churrascaria Walter, pois a churrascaria do Grêmio ficava muito distante. Havia também na Av. Assis Brasil, ao lado do Hospital Cristo Redentor, uma churrascaria muito boa (Santa Teresa). No centro, na Riachuelo, uma excelente churrascaria (Churrasquita). Todas acabaram fechando.

Em novembro de 1992, em um belo domingo, eu convidei a minha família para almoçarmos na Churrascaria Walter, na Av. Benjamim Constant. Como de costume, um excelente atendimento, boas carnes e saladas. Era um excelente custo-benefício. Portanto, um local ideal para uma boa refeição. Estava tudo correndo perfeitamente, mas ao final o garçom mais antigo teve uma atitude completamente diferente das vezes anteriores. Não sei o motivo, mas possivelmente por insegurança, ele começou a fazer perguntas aos meus filhos, que na época eram crianças. Eram perguntas que envolviam novelas, filmes antigos e futebol, ou seja, assuntos inapropriados para duas crianças; em decorrência, os meus filhos não souberam responder. Em princípio, já era falta de respeito para a família de clientes, mas o pior é que o garçom saiu comemorando como se estivesse em uma competição e fosse o grande vencedor. Eu percebi que as crianças estavam tristes e pensei em chamar a atenção do moço ou falar com a gerência, mas quaisquer dessas atitudes poderia ocasionar uma penalidade disciplinar ao inconveniente. Então tive uma ideia melhor e perguntei a ele quem era o prefeito de Porto Alegre, Tarso Genro ou César Schirmer. Resposta: "Faz outra que essa é muito fácil, o prefeito de Porto Alegre é o Tarso Genro, do PT". Imediatamente ele deu mais uma gargalhada. Eu disse: "Você está errado. Tarso Genro foi eleito prefeito, mas ainda não assumiu; até o dia 31 de dezembro o prefeito de Porto Alegre é Olívio Dutra. Tarso só assume no dia primeiro de janeiro de 1993." Uma pergunta que não precisava demonstrar grande conhecimento, pois eu não perguntei quando Leonel Brizola foi eleito prefeito da capital do Rio Grande do Sul, mas tinha que demonstrar raciocínio.

Na realidade, eu sempre tive muito respeito pelos trabalhadores mais humildes, mas não poderia deixar que o moço arrogante continuasse a desrespeitar os meus filhos. Ele que sempre nos atendia não voltou mais naquele dia para nos atender, nem eu voltei mais à Churrascaria Walter, pois respeito e bom atendimento é o mínimo que se espera em uma churrascaria.

O GOL QUE EU NÃO COMEMOREI

Em homenagem a Leonardo Dourado

Nos anos 70 havia na sede da Aços Finos Piratini, em Porto Alegre, uma quadra de futsal (na época se chamava futebol de salão). Cancha aberta. Joguei várias vezes lá. Em 1974 eu marquei um jogo do meu time do Curso Pré-Vestibular Mauá contra o time da Sociedade Espírita Bezerra de Menezes nesse local. A minha ideia era jogar no time do Bezerra de Menezes, pois havia muitos anos que eu fazia parte do time. Era um bom time, com Leonardo Dourado, Jorge Santa Maria, Vitor Hugo Santa Maria, Cesar Santa Maria e Artur Ferreira. Ainda jogava também o Vitor Santa Maria. Para não perder a piada, posso dizer que, apesar de espíritas, era um time de santas. Marquei o jogo e reservei a quadra para um sábado à tarde. Avisei os meus colegas do Mauá, e falei que jogaria contra eles. O Marcos, que era muito meu amigo, disse: "Tá brincando, Obberti (Obberti era um centroavante argentino que jogava no Grêmio e os amigos me chamavam de Obberti). você que fez o time, consegue sempre os nossos adversários e marca as quadras, e agora vai nos abandonar?" Marcos, também conhecido como Urso, acabou me convencendo.

Leonardo Dourado foi um grande amigo da juventude. Jogamos muito futebol juntos, muitas festas, jogos do Grêmio, Festival do Cinema de Gramado, viagem para compras em Passo de Los Libres, na fronteira com Uruguaiana, com o nosso amigo Gilberto Ramos (irmão do Alceu), participamos de uma peça espírita apresentada no Clube Gondoleiros, e criamos o *Jornal Servir*, da juventude do Bezerra de Menezes, em parceria com João Paulo Lacerda. Conhecemo-nos no apartamento do meu primo João Paulo, na rua Cândido Silveira, ao final do ano de 1971. A amizade nasceu quando eu entrei para a Sociedade Espírita Bezerra de Menezes, no início de 1972. Uma grande lembrança que eu tenho foram os jogos em frente à sua casa, na rua Félix da Cunha.

O jogo foi muito disputado, pois os dois times jogavam bem. No time do Mauá, o melhor jogador era o Booth (o mesmo sobrenome do goleador do primeiro Gre-Nal de dez a zero para o Grêmio. Booth fez 5 gols). Booth, o colega era chamado de Falcão, pois era muito parecido com o atleta do Internacional. Não lembro do placar, mas ganhamos. Eu joguei na defesa, porém às vezes saía um pouco. Em uma ida ao meio de campo, recebi uma bola, arrisquei de longe e marquei o gol. Meus colegas fizeram uma enorme comemoração, mas eu não consegui comemorar, pois estava fazendo um gol contra o meu time e no meu amigo Leonardo. Lembro que ao final do jogo ele sorrindo disse: "Pô, Artur você foi fazer um gol logo no seu amigo?" Mais tarde Leonardo se formou em Jornalismo e foi jornalista da RBS e depois Diretor de Jornalismo da TV Globo. Hoje é cineasta no Rio de Janeiro. Leonardo foi meu padrinho de casamento, juntamente com sua primeira esposa, Marli Lisboa.

O GRÊMIO E O DELEGADO

*Em homenagem a Fernando Mena Ferreira Zuanazzi
e Miriam Dutra Zuanazzi*

Em 1965, em um belo domingo, os juvenis do Grêmio foram a Bom Jesus fazer um jogo amistoso contra o Sport Club Santa Cruz, um dos dois clubes amadores da cidade. Na época não havia o que se chama hoje de juniores. Os juvenis eram atletas até os 18 anos. Bem cedo eu estava em frente ao Hotel Aver, de propriedade do senhor Alfredo Aver. A cidade toda na expectativa, pois o time do Grêmio estava invicto há 100 partidas. A minha expectativa era muito grande, pois o meu clube jogava pela primeira vez na minha cidade, mesmo sendo a categoria de base. Com 9 anos eu iria assistir ao Grêmio contra o nosso adversário da cidade, pois o meu clube em Bom Jesus era o 16 de Julho Juventude, com cores verde e branco, enquanto o Santa Cruz era vermelho.

Às 15 horas os dois times entraram em campo. O Grêmio com Jair, Espinosa, Beto Bacamarte, Fiorese e Zeca; Joel e Adilson; Júlio César, Salazar, Adãozinho e Ademir Ribeiro. No banco, o goleiro Leite, Rauph, Julinho e a grande atração, um veterano de 29 anos (na época com 29 anos o atleta era considerado veterano) chamado Paulo Otacílio de Souza, conhecido como Paulo Lumumba. O treinador gremista era Francisco Neto (Chiquinho). Eu estava ao lado do Chiquinho. Desse time do Grêmio foram promovidos vários garotos, mas quem jogou um bom tempo foram o goleiro Jair, o zagueiro Beto Bacamarte e o lateral Valdir Espinosa (campeão mundial como treinador). Zeca foi promovido, mas como o Grêmio tinha o grande Everaldo e o craque Ortunho em fim de carreira, então Zeca acabou sendo trocado por Tupãzinho do Palmeiras, onde foi bicampeão brasileiro, jogando no maravilhoso time do Palmeiras, com Leão, Eurico, Luiz Pereira, Ademir da Guia, Leivinha e outros excelentes jogadores.

O primeiro tempo terminou com quatro a zero para o Grêmio. O juiz da partida estava no meio de campo no intervalo, quando eu percebi que dirigentes do clube local se aproximavam. Apresentaram ao juiz o delegado (vamos omitir o nome) e falaram que ele não estava apitando bem. Ele simplesmente ignorou a pressão e disse que estava aplicando a regra. E citou o número da regra. Eles não entenderam nada, pois deviam conhecer apenas a regra três das substituições, o que era normal, pois dificilmente alguém com exceção dos juízes de futebol conhecem as regras aplicadas. Cumprimentaram-se de forma civilizada, e tudo em paz. No início do segundo tempo entrou no Grêmio o excelente Lumumba, e logo fez um gol extraordinário, o qual foi chamado de gol espírita. Em torno de 20 minutos do segundo tempo, Chiquinho manda Leite entrar no lugar de Jair, e o nosso goleiro no lugar de Joel no meio de campo. No primeiro toque na bola, Jair dá um balãozinho no adversário. Eu fui à loucura. Resultado: Grêmio dez Santa Cruz zero. O nosso treinador Chiquinho se vira para mim e diz: "Guri, tu conheces futebol, às vezes tu dizias como fazer a jogada certa". Eu, na maior felicidade, timidamente apenas sorri.

O GRÊMIO E O JUIZ DA COMARCA DE CRICIÚMA

Em homenagem a Marco Aurélio Moreira

Em março de 1997, entrei no Departamento Jurídico do Grêmio, convidado pelo presidente Luis Carlos Silveira Martins (Cacalo). Era aquilo que eu chamo de *momento mágico*. O Grêmio era campeão brasileiro. O Departamento Jurídico tinha como vice-presidente Renato Moreira. Dentre os seus diretores advogados de muita qualidade como Henrique Martins-Costa, Alberto Guerra, Marco Antônio Souza, Alberto Brentano e um jovem Marco Aurélio Moreira. Também fazia parte dessa grande equipe o engenheiro Evandro Krebs, que atuava como perito assistente. Mais tarde, o Grêmio contratou um advogado que muito atuou com brilhantismo na Justiça Desportiva, Jorge Petersen. Também fez parte da equipe, na condição de estagiário, Fabiano Berdichevski, filho do grande dirigente Saul Berdichevski. A minha atuação era na Justiça do Trabalho, mas fiz pareceres em outras áreas.

Em 22 de maio, o Grêmio empata em dois a dois com o Flamengo no Maracanã (gols de João Antônio e Carlos Miguel) e conquista mais uma Copa do Brasil. Campeão Brasileiro e da Copa do Brasil. Era um sonho. A venda de camisetas explodiu e, como não poderia deixar de acontecer, muitas camisetas e outros produtos. Na região de

Criciúma a pirataria se expandiu. Um comerciante que fabricava um excelente moletom, mas tinha uma pequena margem de lucro, em face dos *royalties* pagos ao Grêmio, sofria uma brutal concorrência. Em decorrência, entrou em contato com o Departamento de Marketing do clube, pedindo providências. O vice-presidente Renato Moreira escolheu Marco Aurélio Moreira, que, apesar de jovem, tinha muita experiência nessa área de combate à pirataria, inclusive com ações em outros Estados da federação. Eu, sem experiência na área, mas com muita vontade de trabalhar, o acompanhei até Criciúma. Chegamos na cidade e fomos muito bem recebidos pelo comerciante de produtos oficiais, principalmente de moletons. No dia seguinte nos dirigimos ao Fórum. Um advogado ficou sabendo da nossa presença e me procurou. Queria me levar a um dos juízes da comarca, que era um gaúcho natural de Lajeado. Falei a ele que não estava ali para festividades, mas sim para trabalhar. Ele insistiu. Então fomos até o Juiz de Direito. Quando cheguei, o magistrado, muito empolgado, abriu um armário de seu gabinete, e tirou camisetas, moletons, bonés, chaveiros e outros produtos do Grêmio. Queria muito conversar, mas eu estava acompanhando o meu colega em uma difícil missão; então abracei o grande gremista, pedi licença e voltei ao trabalho. Fizemos um trabalho magnífico. Quando retornamos ao Fórum, o colega Marco Aurélio estava fazendo a contagem dos produtos com os oficiais de justiça, enquanto eu já havia concluído. Chegou uma repórter de um jornal de Criciúma e queria me entrevistar. Falei: "Vamos aguardar uns minutos, pois o trabalho foi de iniciativa de um colega". No dia seguinte, levantamos cedo e fomos às bancas. A notícia estava na capa do jornal e a entrevista com o Marco Aurélio em uma página inteira. A RBS catarinense também deu destaque ao nosso trabalho. Alguns afirmaram que foi o maior trabalho de combate à pirataria de um clube em todo o Brasil. Chegamos na reunião do Departamento Jurídico do Grêmio na segunda-feira com dez exemplares do jornal de Criciúma. Os colegas disseram que havíamos adquirido todos os exemplares. Hehehe.

O LIVRO DO DJAVAN

*Em homenagem a Sofia Ferreira Broecker
e Helena Ferreira Broecker*

Em janeiro de 2015, eu e minha namorada há mais de 40 anos voltamos pela sexta vez a Maceió. Fomos conhecer uma pequena cidade a 98 quilômetros da capital de Alagoas, chamada, São Miguel dos Milagres. Como a maioria das praias alagoanas São Miguel dos Milagres tem águas claras, tranquilas e mornas. Você não tem vontade de sair do mar. Ao contrário das praias do lado sul, como Barra de São Miguel, Gunga e Francês, que ficam próximas ao paraíso de Maceió, algumas praias do lado norte ficam muito distantes, entre elas São Miguel dos Milagres e Maragogi. O retorno foi muito cansativo, em face de muito movimento nas estradas. A temperatura estava muito alta. Ao chegarmos ao hotel, tivemos uma surpresa desagradável, pois o ar-condicionado não estava funcionando. Liguei para a recepção e falei com a assistente do gerente, pois esse estava de folga. Imediatamente um técnico apareceu (não foi o Luiz Felipe, que foi técnico de CSA de Maceió), mas não solucionou o problema. Liguei novamente. Mandaram um novo técnico, e nada. Liguei mais uma vez. Depois de uma hora sem solução, liguei pela quarta vez e falei: "Estou decepcionado com o Hotel Radisson, pois estou vindo a Maceió pela sexta vez, e na primeira vez fiquei em um hotel três estrelas, nas vezes seguintes em hotéis quatro estrelas. Nunca tive qualquer problema. Agora estou em um hotel cinco estrelas, e pagando um valor exorbitante, e vocês não resolvem a questão do ar-condicionado. Fico chateado, pois conheço bem o Nordeste, mas Maceió é o meu paraíso." Então ela falou: "Estou indo ao seu apartamento. Vou trocar para um outro apartamento pelo mesmo valor. O senhor vai adorar." Realmente foi uma bela troca. Era uma suíte espetacular, onde no ano anterior havia ficado Roberto Carlos, e segundo a assistente do gerente também havia ficado a então presidente Dilma Rousseff. Ficamos mais seis dias com um tratamento sensacional (jantares gratuitos, espumantes da melhor qualidade, frutas maravilhosas e uma banheira de hidromassagem que era um sonho). O difícil foi voltar.

E o Djavan? Talvez nem todos saibam, mas o cantor Djavan é natural de Maceió. Minha filha Amanda ouvia muito na infância a música *Turma do Balão Mágico*, com a participação do Djavan. No dia posterior à mudança de apartamento, o gerente me chamou e pedia desculpas pelo ocorrido, e disse: "A minha assistente falou que o senhor adora Maceió. Queremos que volte muitas vezes." Falei para ele que eu havia encontrado na suíte o livro *A presença Negra em Alagoas*, organizado por Douglas Apratto Tenório e Jairo José Campos da Costa, e que o livro tinha sido autografado por Douglas ao Djavan. Ele me perguntou se eu queria o livro. Respondi se ele não tinha um outro exemplar, pois aquele era do Djavan. Ele disse que não havia outros exemplares, e como ele não levou era meu. No início de 2016 voltamos ao Radisson para comemorarmos os meus 60 anos. Encontro no saguão do hotel o músico Djavan. Pensei em falar com ele. Minha filha percebeu e disse: "Não, pai, ele está com o filho aguardando alguém e de cabeça baixa". Eu iria pedir o endereço de sua gravadora para remeter o livro. Hoje o Hotel Radisson de Maceió chama-se Best Western Premier Maceió.

O MEU TIO ARTHUR FERREIRA FILHO E O ANEL DE FORMATURA

Em homenagem a Mara Ferreira Zuanazzi

O meu tio e padrinho historiador Ferreira Filho, foi um dos maiores historiadores do Rio Grande do Sul. As suas obras serviram de base para diversos historiadores não apenas do RS, mas do Brasil. Moniz Bandeira, em *Brizola e o Trabalhismo*, faz citação de *História Geral do Rio Grande do Sul*, de autoria de Arthur Ferreira Filho. O professor e historiador Dante de Laitano também faz citação das obras de Arthur Ferreira Filho em sua obra *História da República Rio-Grandense*. Em *História da Revolução Farroupilha*, Morivalde Calvet Fagundes também faz referência à obra maior de meu tio. Regina Portela Schneider, em *Flores da Cunha, o Último Gaúcho Lendário*, também faz citação a *Revoluções e Caudilhos*, bem como a *Revolução de 1923*, ambas obras de Arthur Ferreira Filho. As obras do referido historiador também serviram para José Antônio Severo em seu magnífico romance *Senhores de Guerra*, sobre a Revolução de 1923 entre chimangos e maragatos.

Apesar de ter sido intendente municipal (prefeito) em Bom Jesus, São Leopoldo e Passo Fundo, Delegado de Polícia em Bom Jesus e Passo Fundo, Diretor da Biblioteca Pública do RS, Presidente do Conselho Estadual de Cultura do RS, Presidente da Academia Rio-Grandense de Letras, membro do Instituto Histórico do RS, quando faleceu tinha como único patrimônio apenas ações da antiga CRT, equivalentes a 5 mil dólares. Escrevi com muita emoção um artigo publicado no Caderno de Cultura do jornal *Zero Hora*, quando do seu falecimento sob o título "O autodidata da dignidade". Apesar de ser chamado de *doutor*, o meu tio não tinha curso superior.

Em 1980, quando da minha formatura no curso de Direito, eu levei o convite a ele, que disse: "Eu fico muito feliz, porque você teve muitas dificuldades na vida, pois o seu pai não lhe deixou nenhum patrimônio, mas lhe deixou a herança da honestidade e do caráter, e não tem herança maior do que essa". Ele disse que gostaria de me dar um apartamento, mas que não tinha dinheiro; então falou que iria me dar um anel de formatura. Eu respondi: "Tio, o melhor presente que o senhor poderia me dar foram as suas palavras, as quais me emocionaram. O meu pai me deu ensinamentos para o resto da vida. Agora eu tenho que fazer a minha parte. Na condição de advogado, eu vou honrar a memória dele." Ele sorriu e me perguntou se eu gostaria de ganhar o anel de formatura. Eu disse: "Tio, dificilmente eu vou usar o anel, e não quero que o senhor faça gastos desnecessários". Em resumo, ele me deu um valor em dinheiro com o qual eu comprei um abrigo e um tênis na Loja Cauduro, na rua José Montaury, no centro de Porto Alegre.

O POETA PAULO ARMANDO, MÁRIO DE ANDRADE E O NETO DO DONO DA CASA

Em homenagem a Eleci Iparraguirre

Mário de Andrade, além de grande poeta e romancista, foi também musicólogo e historiador de arte. Autor de duas obras magníficas: *Macunaíma e Amar, Verbo Intransitivo*, que viraram filmes: *Macunaíma* e *Lição de Amor*. Foi um dos principais nomes e o principal articulador da Semana de Arte Moderna de 1922, em São Paulo. Entre os principais participantes da Semana da Arte Moderna estavam também Oswald de Andrade (não eram parentes), Di Cavalcanti, Anita Malfatti, Tarsila do Amaral, Menotti Del Picchia, Heitor Villa-Lobos e outros. O primeiro livro de poemas de Mário de Andrade foi *Pauliceia Desvairada*. A contribuição de Mário de Andrade para a cultura brasileira é inegável. *Macunaíma*, de 1928, foi a sua obra-prima.

Paulo Armando de Carvalho foi um poeta gaúcho nascido em Rio Grande (RS), mas que viveu grande parte da sua vida no Rio de Janeiro. Era casado com Lívia Ferreira, minha prima. Entre as suas principais poesias está *Madrugada Desespero*, de 1948, e *Diagrama*, de 1949. Era um homem culto e de extrema bondade. Gostava muito de beber, conforme capítulo "Os poetas Carlos Drummond e Paulo Armando". Como éramos grandes amigos, um dia eu perguntei a ele por que ele bebia. Ele me contou que em 1944, em um encontro de poetas no Rio de Janeiro, conheceu Mário de Andrade. Ele um jovem de 27 anos pouco conhecido e Mário um reconhecido intelectual. Mário de Andrade o convidou para ficar uns dias em sua residência em São Paulo. Paulo Armando foi tratado pelo grande poeta como um filho. Dias depois de retornar ao Rio de Janeiro, Paulo Armando estava em um bar fazendo um lanche, quando ouviu no rádio sobre a morte de Mário de Andrade (25 de fevereiro de 1945). Ele entrou em desespero e chorou muito. Nunca havia ingerido bebida alcoólica. Então pediu uma garrafa de cachaça. Nunca mais parou de beber.

Em 1977, quando eu estava no Rio de Janeiro no apartamento de Paulo Armando e Lívia, no Bairro Rio Comprido, fomos a uma festa de aniversário de um escultor amigo de Paulo Armando. Presentes poetas, escritores, artistas. Ele levou uma garrafa de cachaça para o dono da festa. Ao chegar, ele pediu um copo, e não entregou o *presente*. Bebeu muito. Perdeu o controle e começou a falar o que não deveria. O neto do aniversariante não gostou, disse que iria lhe dar uma surra. Como o filho de Paulo Armando, de nome Marcelo, era um menino, eu tive que defendê-lo, e falei: "Rapaz, você pode surrar ele a vontade, mas antes tem que surrar a mim, pois ele é meu grande amigo e um homem idoso, então vamos lá fora resolver isso, covarde". Eu tinha 21 anos e praticava esportes e tinha muita força. O valentão, que deveria ter uns 25 anos, falou: "Não vou brigar no aniversário do meu avô. Fica para outro momento."

O RAPAZ NO AVIÃO E A SUA EVOLUÇÃO ESPIRITUAL

Em homenagem a Hélio Sassen Paz e Lúcia Schenini

Em 2014, em uma das minhas viagens para Maceió, estava ao meu lado no avião um garoto de 24 anos. Eu percebi que ele não conseguia abrir a bandeja para colocar o lanche e a bebida, então perguntei se ele queria uma ajuda. Disse que sim e começamos a conversar. Eu falei: "Você nunca viajou de avião?" Ele disse que era a primeira vigem, pois morava com a mãe e os irmãos em Cuiabá, e há 5 anos tinha ido para trabalhar em Bento Gonçalves, mas no ônibus da empresa prestadora de serviços. Perguntei para qual lugar estava indo, pois o nosso avião não iria para Cuiabá. Ele disse: "Eu ganhei um bom dinheiro como pedreiro em Bento Gonçalves, pois fazia muitas horas extras e tinha poucas despesas. Todos os meses eu mandava a metade do que sobrava para a minha mãe. Agora não tem mais serviços e eu fui colocado para a rua, mas eu recebi uma bolada boa da minha rescisão e do FGTS. Então vou para Maceió para reencontrar o meu pai, que nos abandonou há muito tempo, e eu nunca mais o vi. Às vezes eu falo com ele por telefone. Estou com muitas saudades; eu sei que ele errou com a mãe e deixou três filhos pequenos, mas é meu pai e eu nunca vou esquecer ele; além do mais, ele tem mais dois filhos em Maceió e eu quero conhecer os meus irmãos; o pai me falou que um dos meus irmãos é muito parecido comigo quando eu era pequeno." Ele me perguntou o que eu achava da atitude dele. Eu disse a ele que estava fazendo o certo, pois o pai dele, que também era pedreiro, não tinha alcance para perceber o mal que havia causado à família. Ainda falei que mesmo que a nova esposa de seu pai não o tratasse bem, ele buscasse entender que ela estivesse com ciúmes, pois assim muitas vezes ocorre, e que não foi ela a culpada pela separação os pais, pois eles se conheceram em Maceió, conforme ele me relatou.

Falei para ele que aproveitasse bem esse reencontro com o pai, e se possível novos reencontros, mas que não esquecesse que quem cuidou dele a vida inteira foi a mãe, empregada doméstica, e que comprasse um belo presente para ela em Alagoas, pois há muito artesanato nesse Estado maravilhoso. Ele disse: "Eu já comprei um belo presente para a minha mãe na serra do RS, mas vou procurar mais alguma coisa para a pessoa que eu mais amo". Fiquei muito emocionado.

A evolução espiritual não tem nada a ver com cultura ou situação financeira. Eu lembro que há mais de 30 anos eu conheci em um ônibus em Porto Alegre um morador de rua. Durante os minutos em que conversamos eu aprendi muito. Que bom que naquele ônibus lotado e com várias pessoas em pé havia um lugar exatamente ao lado dele, pois ninguém quis ficar nesse espaço. Devia haver pregos nesse banco.

E sobre o moço que estava indo para rever o pai ele me perguntou se as praias de Maceió eram boas. Eu falei: "São maravilhosas, você vai gostar muito mais de Maceió e arredores do que de que Cuiabá, mas não se esqueça dos seus amores na capital do Mato Grosso".

O SHOW DO GONZAGUINHA EM PORTO ALEGRE

Em homenagem a Cleuza Celina Fernandes Ferreira

Luiz Gonzaga Junior, o Gonzaguinha, não foi apenas um músico, mas um grande poeta. Após mais de anos de sua morte, as suas canções se mantêm atuais, pois refletem a vida de muitos brasileiros e a defesa da democracia.

Poucos compositores brasileiros foram tão talentosos. Eu poderia citar dezenas de composições de autoria de Gonzaguinha, mas escolhi apenas as minhas seis preferidas: 1 – *Começaria tudo outra vez*: "Começaria tudo outra vez se preciso fosse, meu amor. A chama em meu peito ainda queima. Saiba nada foi em vão". 2 – *O que é, o que é?*: "Eu sei, eu sei que a vida devia ser bem melhor e será". 3 – *Comportamento geral*: "Você deve aprender a baixar a cabeça e dizer sempre muito obrigado". 4 – *E vamos à luta*: "Eu acredito é na rapaziada que segue em frente e segura o rojão. Eu ponho fé é na fé da moçada que não foge da fera e enfrenta o leão. Eu vou à luta com essa juventude que não corre da raia *a troco* de nada". 5 – *Sangrando*: "Quando eu soltar a minha voz por favor entenda, é apenas o meu jeito de viver o que é amar".

A sexta música é *Um homem também chora* (Guerreiro menino):

Um homem também chora
Menina morena
Também deseja colo
Palavras amenas
Precisa de carinho
Precisa de ternura
Precisa de um abraço
Da própria candura
Guerreiros são pessoas
São fortes, são frágeis
Guerreiros são meninos
No fundo do peito
Precisando de um descanso
Precisam de um remanso
Precisam de um sono
Que os torne refeitos
É triste ver um homem
Guerreiro menino
Com a barra de seu tempo
Por sobre os seus ombros
Eu vejo que ele berra
Eu vejo que ele sangra
A dor que tem no peito
Pois ama e ama
O homem se humilha
Se castram o seu sonho
Seu sonho é sua vida
E vida é trabalho
E sem o seu trabalho
Um homem não tem honra
Se morre se marta

Não dar pra ser feliz
Não dar pra ser feliz.

Em outubro de 1980, eu recém-formado e iniciando o meu escritório trabalhista, juntei os trocados e convidei a minha eterna namorada para irmos assistir ao *show* do Gonzaguinha no Grêmio Náutico União da Quintino Bocaiuva. Ao chegarmos na bilheteria a atendente nos informou que não havia mais lugares sentados, mas apenas no chão em frente ao palco. Eu falei: "Melhor ainda".

Foi um *show* inesquecível. Aquele compositor com enorme sentido social e político e muita simplicidade nos encantou.

O TERCEIRO FESTIVAL DE CINEMA EM GRAMADO, EM 1975

*Em homenagem a João Luiz Busetti
e Dione Detanico Busetti*

No verão de 1975 meu primo e amigo João Paulo Lacerda, atualmente médico, mas na época estudante de Jornalismo, me convidou para irmos ao Terceiro Festival de Cinema em Gramado. Eu respondi que não tinha dinheiro para pagar os hotéis caros da Serra Gaúcha. Resposta: "Artur, o nosso amigo Leonardo Dourado também vai e vamos ficar em uma barraca em um *camping* em Canela". Foi um alívio, pois eu estava mais duro do que mão de sorveteiro. Uns três meses depois eu fui aprovado em uma prova no Serviço de Processamento de Dados (SERPRO), e fui cedido para trabalhar como terceirizado na Receita Federal, em Porto Alegre. O convite do João Paulo caiu do céu, pois na época eu assistia a muitos filmes brasileiros.

Na época, o festival acontecia no Cine Embaixador, atual Palácio dos Festivais. O primeiro filme a que assistimos foi *Tati, a Garota*, de Bruno Barreto, então com 18 anos. Esse filme havia sido o vencedor do Festival de Cinema de Lages/SC no ano anterior. Também assistimos, em uma sala do Hotel Serra Azul, a um dos maiores filmes brasileiros em todos os tempos: *O Deus e o Diabo na Terra do Sol*, filme considerado um marco no cinema novo e que representou o Brasil no Festival de Cinema de Cannes em 1964. Dirigido por Glauber Rocha, e com excelente participação de Geraldo Del Rey, Yoná Magalhães, Othon Bastos e Maurício do Valle. Outro excelente filme a que assistimos foi *Uirá, Um Índio à Procura de Deus*, de Gustavo Dahl, com a participação de Ana Maria Magalhães. O troféu Kikito ficou com *O Amuleto de Ogum*, de Nelson Pereira dos Santos, com Jofre Soares, Anecy Rocha, Ney Santana, Jards Macalé e Maria Ribeiro. Um violeiro cego conta e canta a história de um menino cujo pai e irmão foram assassinados e que, a pedido da mãe, vai a um terreiro de umbanda para "fechar o corpo". Crescido, envolve-se com o crime e a contravenção. Ao ter um romance com amante do bicheiro Severiano (Jofre Soares), é jurado de morte, mas conta com a proteção do amuleto de Ogum.

Como eu estava acompanhado de dois estudantes de Jornalismo, o João Paulo Lacerda e o Leonardo Dourado, que trabalhavam na TV Difusora (atual Bandeirantes), eu consegui participar no último dia da festa dos artistas no local da piscina do Hotel Serra Azul. Uma bela festa com um excelente coquetel. Participação de Bruno Barreto, Vera Fischer, José Lewgoy, Selma Egrei, Paulo Porto, Anecy Rocha, Carlos Eduardo Dolabella e muitos outros artistas e cineastas. Lembro que o Leonardo, hoje cineasta no Rio de Janeiro, conversou muito com Bruno Barreto. Foi um momento inesquecível para três garotos de 19 anos e com pouco dinheiro, mas com muita disposição para aprender sobre cinema.

OS LIVROS NA GELADEIRA

Em homenagem a João Evangel e Luciana Cassol

Em 2021, a imprensa brasileira noticiou que a Receita Federal do Brasil defendia a taxação de livros, sob a alegação de que os pobres não leem. Um argumento simplório, sem qualquer comprovação. Se realmente houvesse comprovação a saída mais inteligente seria uma campanha facilitando a leitura de livros às pessoas com menor poder aquisitivo. Taxar livros é retrocesso social. Não é verdade que ricos são vorazes por livros. Participei da diretoria e do Conselho Deliberativo do Grêmio em várias oportunidades, participei de comissões da OAB/RS. Percebi que poucos colegas eram adeptos da leitura. Fiz dezenas de viagens de lazer pelo Brasil, principalmente pelo Nordeste. Nessas viagens os guias das empresas faziam muitas perguntas. Raramente alguém respondia. Em Maceió, por exemplo, quando perguntado quem foi o primeiro presidente da República e qual o Estado em que ele nasceu ninguém soube responder que foi o marechal Deodoro da Fonseca, um alagoano. Pergunta simples. Nas respectivas viagens conheci muita gente rica. Um dia eu li em *Zero Hora* uma entrevista do Francisco Noveletto, ex-presidente da Federação Gaúcha de Futebol e um empresário rico, que afirmou que nunca leu um livro.

Nos anos 80 eu tinha pouco lazer, com exceção de parques, praças, cinemas e raramente um jogo do Grêmio, em face de poucos recursos financeiros, porém aos sábados eu comparecia no Martins Livreiro (livros usados), e adquiria livros bons e baratos. Livros de História do Brasil, de Ciência Política, Sociologia, Literatura, Direito do Trabalho e outras áreas. Isso contribuiu decisivamente não só na minha formação cultural, mas também da minha família. Lembro que a minha filha pequena dizia: "Os ivos do papai".

Em meados de 1985 eu fui a um aniversário no bairro Sarandi. Desci do ônibus e me perdi. Procurei por um táxi, mas não apareceu. Estava pensando em retornar quando percebi, em uma casa muito simples, um senhor tomando chimarrão na área; então fui perguntar a ele o local do aniversário, que era um clube. Ele disse: "Eu levo você, garoto, mas entra um pouco na minha casa". Logo que entrei pedi um copo de água. Ele me entregou, mas ela estava morna. Perguntei o motivo pelo qual ele não pegou a água da geladeira. Então ele abriu a geladeira (uma antiga Steigleder). A única coisa que tinha eram livros. Perguntei para ele o motivo de guardar os livros na geladeira, e ele explicou que era para ficar livre das traças, e também porque não tinha um outro lugar em casa. Fui conferir os livros. Eram em torno de 50 livros. Me chamou a atenção *Os Sertões*, do Euclides da Cunha. Fiquei emocionado e dei um abraço no senhor dos livros na geladeira. Então não é verdade que pobre não gosta de leitura. Os pobres precisam é de mais incentivo à leitura e de mais dinheiro.

OS POETAS CARLOS DRUMMOND E PAULO ARMANDO

*Em homenagem a Kelly Ferreira Martins
e Juliano Martins*

Sobre o poeta gaúcho Paulo Armando de Carvalho fiz várias referências no capitulo "Paulo Armando, Mário de Andrade e o neto do dono da casa". Sobre Carlos Drummond de Andrade não precisaria fazer referência. É simplesmente o maior poeta brasileiro contemporâneo. Todos os poemas de Drummond são magníficos, mas "E agora, José?" e "No meio do caminho" são os meus preferidos. "E agora, José?" virou música na interpretação de Paulo Diniz. O poema retrata o sentimento de solidão do indivíduo na cidade grande e sem rumo. É de 1942, durante a Segunda Guerra Mundial e o Estado Novo, portanto em um momento de incertezas.

O poema "No meio do caminho" é de 1928, portanto um ano após o grande poeta perder o filho Carlos Flávio, que durou apenas meia hora. A pedra no meio do caminho seria a tragédia familiar.

No meio do caminho
No meio do caminho tinha uma pedra
Tinha uma pedra no meio do caminho
Tinha uma pedra
No meio do caminho tinha uma pedra
Nunca esquecerei desse acontecimento

Na vida das minhas retinas tão fatigadas
Nunca me esquecerei
Que no meio do caminho tinha uma pedra
Tinha uma pedra no meio do caminho
No meio do caminho tinha uma pedra.

 Drummond era um grande amigo do Paulo Armando, casado com a minha prima Lívia Ferreira. Ele ligava seguidamente ao Paulo Armando. Quando retornamos de uma festa, Paulo Armando ligou para Drummond na madrugada. Preocupado, Drummond ligou pela manhã para saber se ele estava bem. Falei que sim. Ele disse: "Cuida bem dele, gaúcho. Ele gosta muito de você." Conversamos em outros momentos por telefone. Drummond era de uma enorme simplicidade e muito gentil. Um dia Paulo Armando marcou um jantar no apartamento do Drummond para nos conhecermos, porém o meu querido parente e amigo ficou doente. Quando ele ficou melhor, eu havia retornado para Porto Alegre, pois trabalhava e estudava. 1977. Só voltei ao Rio de Janeiro em 1991. Os amigos poetas já estavam em outro plano espiritual. A doença do Paulo Armando foi uma pedra no meu caminho.

PAULO NUNES NÃO RESPEITOU AS TRADIÇÕES NA SEMANA FARROUPILHA

Em homenagem a Luiz Carlos Silveira Martins (Cacalo)

O cavalo crioulo é o amigo inseparável do gaúcho. Foi no lombo do cavalo que nasceu o Rio Grande. O cavalo, pela Lei 11.826, de 26 de agosto de 2002, é um dos símbolos do Rio Grande. Os Monarcas, com a bela música "O gaúcho e o cavalo", fizeram uma homenagem a esse maravilhoso animal: "Um gaúcho sem cavalo é um arreio sem estribo, é igual a um pajé solito sentindo a falta da tribo. Quem sou eu sem meu cavalo. O que será de mim. Talvez dois seres perdidos a vagar pelo capim." Essa é a parte mais bonita da letra.

A Revolução Farroupilha foi uma longa rebelião de 1835-1845, entre o período da regência do padre Diogo Antônio Feijó e o Segundo Reinado. A revolta teve como causa principal o descontentamento dos grandes proprietários de terras do Rio Grande do Sul, em face dos altos impostos cobrados no sal, no charque e em outros produtos. Os revoltosos também queriam proclamar a República do Rio Grande do Sul. O meu tio e padrinho historiador Arthur Ferreira Filho denominou esse período de dez anos de lutas de *Decênio heroico*. Em resumo, foi isso. Claro que o tema comporta uma longa discussão, mas não é essa a finalidade deste capítulo.

Em 22 de setembro de 1996, na Semana Farroupilha, foi realizado o Gre-Nal 331, no Estádio Beira-Rio. Semana tensa, com a direção do Internacional pedindo árbitro de fora e dizendo que o Grêmio era violento. Tudo isso teve forte repercussão na torcida. O atleta Dinho do Grêmio foi bater um escanteio, e levou uma pedrada no queixo. A partida foi muito disputada. O Grêmio fez um a zero com um belo gol de bicicleta de Paulo Nunes, que na comemoração imitou o saci (símbolo do Internacional). O Internacional empatou com Murilo, mas Dinho de falta fez outro belo gol. Arce se preparou para bater, mas Dinho, que estava atrás, deu uma bomba que o goleiro André não conseguiu segurar. Porém, quem segurou tudo foi Danrlei, pois o Internacional lutou bravamente para empatar a partida. Ao final da partida, o vice-presidente de futebol do Grêmio, Cacalo, ao ser perguntado sobre a partida disse muito emocionado: "Violento é o chute do Dinho". Uma resposta em alto nível aos dirigentes do adversário que tentavam diminuir os méritos do Grêmio do Felipão, que jogava um excelente futebol e foi campeão brasileiro de 1996, derrotando a Portuguesa de Desportos, que tinha um time muito bom, inclusive com Zé Roberto em seu melhor momento de sua vitoriosa carreira.

No dia seguinte, o jornalista Hiltor Mombach, em sua coluna do *Correio do Povo*, publica: "Paulo Nunes, na Semana Farroupilha, não respeitou as tradições, foi de bicicleta, e não a cavalo". Carta enviada por Artur Ferreira. Eu não poderia perder a oportunidade de ironizar o meu adversário, o qual não aceitava a superioridade do Grêmio.

PEDRO RUAS E
A MULHER DO SARANDI

Em homenagem a Pedro Ruas e Ester Ramos

O meu amigo Pedro Ruas concorreu pela primeira vez a vereador de Porto Alegre em 1982. As eleições foram naquele ano para governador do Estado, senado federal, deputado federal, deputado estadual e Câmara de Vereadores. Concorreram a governador: pelo PDS Jair Soares (eleito), Pedro Simon (PMDB), Alceu Collares (PDT) e Olívio Dutra (PT). Coincidência que o segundo colocado foi Pedro Simon, o terceiro colocado foi Alceu Collares e o quarto colocado foi Olívio Dutra. O segundo colocado foi eleito governador em 1986. O terceiro colocado foi eleito governador em 1990 e o quarto colocado foi eleito governador em 1998. Quem quebrou a sequência foi Antonio Britto, eleito governador em 1994 pelo PMDB, mas que não foi candidato em 1982, pois sequer participara da política, sendo então jornalista.

Pedro Ruas concorria pelo PDT, pois o nosso partido do coração, o PTB, estava em poder do grupo de Ivete Vargas. Preferimos ficar ao lado do autêntico trabalhismo de Leonel Brizola. Percebi que meu amigo Pedro tinha uma pequena equipe de apoio, e poucos recursos financeiros, pois recém estava iniciando na advocacia trabalhista, no escritório do saudoso Luiz Heron de Araújo. Então mandei confeccionar 500 adesivos de apoio ao amigo, onde dizia:

"Vote socialista". Foi a primeira e uma das poucas propagandas. Achei que era pouco e resolvi marcar duas reuniões na casa de clientes. A primeira na Vila Planalto, na casa do Gentil Vieira. Excelente reunião. Dias depois, Gentil comparece em meu escritório e diz: "Doutor, o senhor tinha razão, ele é novo, mas é bom. Vamos arrumar bastante votos para ele". A Segunda reunião foi na Vila Nova Brasília, no Bairro Sarandi. Numa bela manhã de domingo, fomos ao encontro organizado por um cliente do escritório. Estava presente o ex-deputado federal Zaire Nunes Pereira, que havia sido eleito em 1962 pelo PTB, e em 1966 pelo MDB. Não era candidato. Chegamos na casa do cliente João Souza, onde um grupo de trabalhadores nos esperava. Ele me disse meio envergonhado: "Doutor, vamos fazer a reunião aqui na rua, pois a minha casa não tem espaço para tanta gente". Apresentei o candidato e começamos a conversar. As pessoas passavam e paravam. Percebi que o mais interessado era um jovem de uns 25 anos, que foi surpreendido pela esposa, que disse: "Vamos para casa, larga esses vagabundos". Ele disse: "Vou mais tarde. Vou ficar aqui com os meus amigos." Ela se aproximou, o puxou pelo braço e o levou para casa. Poucas vezes eu vi um homem tão triste e humilhado.

O nosso candidato fez excelente votação, e ficou na sexta suplência do PDT. O grande Hamilton Chaves, que estava a sua frente, faleceu. Em 1985, Alceu Collares eleito prefeito de Porto Alegre, convoca 5 vereadores do PDT para secretários, então assume Pedro Ruas e faz em três anos um excelente trabalho. Ali Pedro Ruas começou a sua brilhante carreira política em defesa dos direitos sociais, dos mais humildes e da democracia.

QUEM NÃO GOSTA DE ELOGIO?

Em homenagem a Maria Júlia Ferreira Motta

O meu tio e padrinho historiador Arthur Ferreira Filho foi um homem extraordinário, pois dotado de uma enorme cultura, de muita grandeza moral e espiritual e de um caráter diferenciado. Era historiador, sociólogo, jornalista e político. Participou de todas as lutas internas ocorridas no país de 1923 a 1932. Foi intendente (prefeito) de Bom Jesus, São Leopoldo e Passo Fundo (três vezes), Diretor da Biblioteca Pública do Estado, Presidente do Conselho Estadual de Cultura, da Academia Rio-Grandense de Letras, membro do Instituto Histórico e Geográfico do Rio Grande do Sul, Diretor do jornal *Diário da Tarde*, de Passo Fundo e redator do jornal *Diário de Notícias*, de Porto Alegre. É patrono de uma cadeira da Academia Militar Terrestre do Rio Grande do Sul.

Suas principais obras foram: *História Geral do Rio Grande do Sul, Revoluções e Caudilhos, Narrativas de Terra e Sangue, Revolução Federalista, Revolução de 1923, Nomes Tutelares do Ensino Rio-Grandense, O Município de Bom Jesus* e *Rio Grande Heroico e Pitoresco*.

Quando faleceu, no dia 25 de março de 1996, eu escrevi com enorme emoção um artigo publicado no jornal *Tribuna Sombriense*, de Sombrio/SC (de 04 a 11 de abril de 1996) e no Caderno de Cultura de *Zero Hora* de 6 de abril de 1996. Foi uma forma de gratidão ao meu tio, sempre muito carinhoso e amigo, com o qual muitas vezes tive horas de conversa sobre história e política; apesar das divergências nunca tivemos atritos, pois havia muito respeito e amizade.

O saudoso advogado, poeta, ator, apresentador de televisão e autor da letra do *Canto Alegretense*, Antonio Augusto Fagundes, na sua coluna de *Zero Hora*, "Rodeio Grande", sob o título de Arthur Ferreira Filho, escreveu um artigo sobre ele. Terminou assim: "Arthur Ferreira Filho integra os mais ilustres institutos da cultura do Estado e do País e recebeu cinco condecorações – "nem sei bem por quê", diz ele meio embaraçado. Alto e ereto em seus bem vividos 86 anos de idade, forte e lúcido, trabalhando constantemente, Arthur Ferreira Filho é uma estátua que caminha, um homem inteiro, austero e digno, um gaúcho como aqueles homens superiores que construíram o Rio Grande e sobre os quais ele escreve tão bem. Apertar a sua mão é receber uma bênção. Privar de sua amizade uma honra" (*Zero Hora*, 12 de outubro de 1985/Guia, pág. 6). Alguns dias depois encontrei Antonio Augusto nas gravações do seu programa "Galpão Crioulo", no Gigantinho, e agradeci. Ele perguntou: "O teu tio gostou" No dia seguinte visitei meu tio e relatei a conversa com Antonio Augusto Fagundes, conhecido como Nico Fagundes. Então meu tio e padrinho olhou para mim sorrindo e disse: "Meu filho, quem não gosta de elogio?"

RICARDO VIDARTE E O ESTÁDIO QUE ENCOLHEU

Em homenagem a Vinicius Vieira

Ricardo Vidarte foi jornalista durante 33 anos. Trabalhou na Rádio Guaíba, Rádio Pampa, TV Pampa, TV Record e SBT. Participou de quatro Copas do Mundo. Faleceu com apenas 58 anos.

Em 1999 eu estava pela segunda vez participando do programa de debates do Vidarte na Rádio Pampa, por indicação do amigo Evandro Krebs. O programa normalmente convidava um representante do Grêmio e um representante do Internacional. Entendo que um debate sobre futebol, ainda mais com representantes da dupla Gre-Nal, não pode ser monótono, até mesmo para aumentar a audiência. O que não pode ocorrer é desrespeito. Do lado do Internacional um conselheiro chamado José Vecchio Filho, como diz o próprio nome, filho do José Vecchio, que foi um dos fundadores do antigo PTB de Getúlio Vargas, ao lado de Alberto Pasqualini, João Goulart, Roberto Silveira (ex-governador do Estado do Rio de Janeiro), Darcy Ribeiro e o inesquecível Leonel de Moura Brizola. O conselheiro do adversário é um advogado de muito bom nível. O debate estava indo muito bem, pois eu dava umas alfinetadas no Internacional e ressaltava a grandeza do Grêmio, mas meu oponente, com calma e educação extraordinárias, evitava a polêmica. Eu não queria e acredito que o Vidarte também não um debate sonolento, então fui forte na provocação e falei: "Vidarte, eu era guri em Bom Jesus em 1969, e meus amigos que torciam para um clube vermelho diziam que seria inaugurado um estádio com muito mais capacidade do que o Olímpico. Na inauguração contra o Benfica de Portugal tinha, segundo a imprensa de Porto Alegre, mais de 100 mil torcedores. Ricardo Vidarte, recentemente eu tomei conhecimento de que o referido estádio está com a sua capacidade reduzida para 52 mil pessoas. O que acontecendo? Foram as águas do Guaíba que molharam o estádio e ele acabou encolhendo?" Vidarte teve um ataque de riso e disse: "Esse Ferreira é uma figura". O nobre representante do Internacional ficou perplexo, mas com a sua habitual educação, explicou que a redução de capacidade do estádio se devia à colocação de cadeiras por uma questão de segurança. Ricardo Vidarte não conseguia parar de rir e pediu os comerciais, e fora do ar me falou: "Ferreira, você é um baita provocador, isso é bom, pois aumenta a audiência". Eu respondi: "Vidarte, essa é a segunda vez que eu venho ao teu programa, sempre gostei de provocar o nosso adversário, pois é uma forma salutar de enaltecer o meu clube e esquentar o programa, pois se for para falar de amenidades, então fico em casa. Futebol é alegria e gozação, desde que não ultrapasse os limites da civilidade."

Saudades dos programas do Ricardo Vidarte, que como a maioria dos jornalistas do RS torce por um dos dois grandes do RS, mas que sempre procurou agir de forma imparcial e respeitosa para com os seus convidados.

SAUL BERDICHEVSKI E NELSON OLMEDO

*Em homenagem a Saul Berdichevski
e Susana Castelo Branco*

Saul Berdichevski é pediatra renomado, e reconhecido dirigente do Grêmio na área médica, ouvidoria e principalmente no futebol. Ganhou muitos títulos pelo Grêmio, sendo os mais importantes o da Copa do Brasil de 2016 (o título que comemorei com a minha família na Arena), e o da Copa Libertadores da América de 2017 (aquela em que Luan, tão criticado, foi o Rei da América, e que fez um gol extraordinário contra o Lanús no jogo final, na Argentina). Nessas duas grandes conquistas, Saul era o diretor de Futebol. Saul era Conselheiro do Grêmio em 1983, e estava em Tóquio na conquista do Mundial Interclubes. Sua foto correndo ao lado do capitão Hugo De Léon carregando a taça é um dos momentos mágicos na vida do tricolor. Quando fui Ouvidor do Grêmio em 2009, na gestão Duda Kroeff, tive a iniciativa de homenagear esse grande dirigente propondo uma placa em seu nome na Ouvidoria do Grêmio, pois Saul foi o primeiro Ouvidor de um clube brasileiro.

Nelson Olmedo foi um dirigente menos conhecido, mas que também realizou um grande trabalho em 1977. O nosso tradicional adversário era bicampeão brasileiro, e octacampeão gaúcho, e tinha um grande time, com jogadores como Manga, Marinho, Caçapava, Falcão, Batista, Jair, Escurinho, Valdomiro e Dario. Quando assumiu a vice-presidência de futebol, a convite do presidente Hélio Dourado, Nelson Olmedo prometeu derrotar o Internacional, o que causou perplexidade entre os torcedores e a própria imprensa, pois o adversário era muito forte. Não imaginavam eles que seria um dos melhores anos da história do Grêmio. O treinador já estava no Olímpico, e era nada menos do que o primeiro campeão brasileiro pelo Atlético Mineiro, Telê Santana. Foram contratados Oberdan, Tadeu Ricci, Ladinho, Alcindo Martha de Freitas, Walter Corbo. Éder e, por último, André Catimba, que o Guarani de Campinas só liberou porque tinha um jovem centroavante conhecido como Careca (o maior jogador do clube de Campinas em todos os tempos). O Grêmio, que raramente ganhava um Gre-Nal nos anos 70, em 1977 ganhou quatro, sendo um de três a zero, no Olímpico, e outro de quatro a zero, no Beira-Rio. Quando o Grêmio foi campeão regional de 1977, o internacional entrou na justiça desportiva para retirar o título, pois a torcida do Grêmio, por ansiedade, entrou no campo minutos antes do término do Gre-Nal, o qual o tricolor vencia por um a zero. Então Olmedo fez a seguinte frase: "Taça no armário, faixa no peito, bicho no bolso e o torcedor comemorando, ninguém tira este título do Grêmio". Realmente ninguém tirou o título, pois o Grêmio foi muito superior ao Internacional em 1977. Foi a campeonato gaúcho que eu mais comemorei, inclusive quando o atleta Iura, o jornalista Paulo Santana e outros gremistas foram no dia seguinte comemorar na PUC; eu, mesmo sendo o presidente da minha turma, saí da aula para continuar as comemorações.

Meu amigo Saul Berdichevski um dia me falou que ele, Olmedo e outros amigos tinham uma turma de jantares, mas que em um determinado momento pararam de se encontrar. Eu não perdi a piada e falei ao Saul: "Pararam por Ol medo do perigo da noite?"

TAIGUARA NA CASA DE CULTURA MÁRIO QUINTANA

Em homenagem a João Gilberto Jarzinski

Eu sempre gostei mais das músicas da Jovem Guarda, pois são mais alegres e melhores para dançar. Parece contradição, pois a Bossa Nova tem mais poesia e intelectualidade. As músicas da Jovem Guarda são até ingênuas, como *Pobre Menina*, de Leno e Lilian, e *Menina Linda*, de Renato e seus Blue Caps. Na Bossa Nova havia contestação ao autoritarismo da ditadura de 1964 e na Jovem Guarda apenas músicas para nos alegrar, demonstrar romantismo e esquecer aquele momento. Em resumo, eu diria que a Jovem Guarda seria para dançar e a Bossa Nova para ouvir.

Os quatro maiores cantores brasileiros na minha opinião são Elis Regina, Gonzaguinha, Taiguara e Paulinho da Viola. Taiguara Chalar da Silva nasceu em Montevidéu, mas era brasileiro naturalizado. Elis Regina era natural de Porto Alegre e gremista. Gonzaguinha era carioca, assim como Paulinho da Viola, que inclusive poderia ser Paulinho da Portela, em face da sua enorme paixão pela escola de samba azul e branco, que ficou eternizada no extraordinário samba *Foi um Rio que Passou em Minha Vida*. Tive o privilégio de assistir aos *shows* dos três últimos. Não tive a oportunidade de assistir a Elis, pois a mesma faleceu muito jovem.

O *show* do Taiguara na Casa de Cultura Mário Quintana em novembro de 1995, foi muita persistência da minha parte, pois trabalhei no escritório até tarde e estava muito cansado. Passei em casa, tomei um banho muito rápido, fiz um lanche em 2 minutos e fui em busca de um táxi. O táxi não aparecia e pensei em desistir, mas estava determinado a ir. Cheguei atrasado e não havia mais lugares. Então, quando estava pensando em retornar, avisaram que ele faria a segunda apresentação. Valeu o sacrifício. Foi um *show* emocionante, pois Taiguara era um grande cantor, compositor e instrumentista. Lembro que ele estava com as vestimentas do gaúcho. Um moço à minha frente, muito empolgado, gritou várias vezes: "Taiguara, eu te amo". Ele cantou as suas melhores músicas: Hoje, Amanda (o nome de um dos meus amores), Teu sonho não acabou, Que as crianças cantem livre, Modinha e Universo em teu corpo. Interagiu muito com o público. Eu nunca tinha assistido a um *show* em que o músico tenha demonstrado tanto carinho para com o público. Em princípio, eu acredito que ele não deve ter recebido pela maravilhosa apresentação, pois a entrada era gratuita. Talvez algum patrocinador.

Taiguara teve uma forte influência da Bossa Nova e da MPB. Foi o artista mais censurado na época dos militares (64/85), com 68 canções censuradas.

Valeu o enorme esforço, pois Taiguara faleceu em janeiro do ano seguinte, na cidade de São Paulo. Há muitos momentos em nossas vidas em que temos que ter persistência, pois as oportunidades são apenas aquelas.

TARSO DUTRA LIBEROU ALCINDO PARA JOGAR O GRE-NAL

*Em homenagem a Marcus Dutra Zuanazzi,
Giovane Dutra Zuanazzi e Felipe Zuanazzi Boschi*

Alcindo Martha de Freitas foi o maior centroavante da história do Grêmio em todos os tempos, e o maior goleador do clube, com 264 gols. Era um atleta com muita categoria e uma enorme disposição. Em 1966, um pouco antes da Copa do Mundo, o Grêmio fez um amistoso contra a seleção da União Soviética no Estádio Olímpico. Um garoto que era torcedor do Internacional em Bom Jesus e gostava de me provocar disse: "Eu quero ver esse Alcindo que faz gols em times do interior fazer gol na União Soviética. O goleiro deles não é igual a esses frangueiros." Eu falei que ele faria um gol. Errei, pois o nosso extraordinário atacante fez dois gols em Lev Yashin, considerado por muitos como o maior goleiro do futebol mundial em todos os tempos.

Tarso Dutra foi um advogado e político do RS que foi deputado estadual, deputado federal, senador e ministro da Educação e Cultura.

Em 1967, o Grêmio empatava em zero a zero uma partida em Rio Grande, contra o Esporte Clube Rio Grande (o clube mais antigo do Brasil). Alcindo foi expulso. Então o seu companheiro de ataque João Severiano fez dois gols e o Grêmio venceu por dois a zero. Ocorre que o próximo jogo seria um Gre-Nal e Alcindo teria que cumprir a suspensão de dois jogos, o que seria terrível para o tricolor. O presidente do Grêmio, Rudi Armin Petry, enviou ao Rio de Janeiro o vice-presidente do Departamento Jurídico, Flávio Obino, para conseguir o efeito suspensivo do cumprimento imediato da pena. Obino foi ao gabinete do ministro da Educação e Cultura, Tarso Dutra, que era gremista, pois o Superior Tribunal de Justiça Desportiva era subordinado ao Conselho Nacional de Desporto, que era vinculado ao MEC. O STJD ratificou o efeito suspensivo de 10 dias, e Alcindo jogou o Gre-Nal. Eu, um garoto com 11 anos de idade, fiquei feliz, mas ao mesmo tempo insatisfeito, pois não aceitava esse tipo de procedimento. Apesar de ter jogado melhor e ter sido prejudicado pela arbitragem, o Grêmio foi derrotado por um a zero, mesmo assim foi hexacampeão gaúcho.

Um fato interessante nesse episódio foi que um torcedor do Internacional e liderança da ARENA (o partido de sustentação dos militares) em Bom Jesus disse: "Tarso Dutra nunca mais vai receber votos em nossa cidade". O *profeta* errou, pois Tarso Dutra, que era deputado federal, na eleição seguinte, em 1970, concorreu ao Senado e a turma da ARENA teve que votar nele e em Daniel Krieger, pois caso contrário Paulo Brossard, do MDB, seria eleito. Mais tarde, o general Ernesto Geisel, que ocupava a presidência da República sem voto, editou o *Pacote de Abril*, que instituiu o chamado *Senador biônico*, em que um terço dos senadores seria indicado pelo presidente da República e eleito de forma indireta. Na eleição de 1978, Tarso Dutra não precisou mais, não apenas dos eleitores de Bom Jesus, mas de todos os gaúchos, pois foi indicado para ser *Senador biônico*.

UM GRITO PARADO NO AR

Em homenagem a Maria Aparecida Moretto

A melhor peça teatral a que eu assisti em todos os tempos foi *Um grito parado no ar*, no Teatro de Câmara, em Porto Alegre, no ano de 1973. Texto de Gianfrancesco Guarnieri, direção de Fernando Peixoto, com Assunta Perez, Ênio Carvalho, Liana Duval, Lourival Pariz, Martha Overbeck, Osvaldo Camporano, Othon Bastos e Sônia Loureiro. A música de Toquinho. Por meio de uma linguagem metafórica, o espetáculo consegue enganar a censura no auge da ditadura, ocupada na época pelo general Emílio Garrastazu Médici. Foi uma tentativa de buscar demonstrar o inconformismo com o momento de escuridão e contrariar a ordem vigente.

Eu recebi o convite de meu querido primo e amigo João Paulo Motta Lacerda para assistir à peça.

Era um período em que a falta de democracia trazia muita tristeza. A Constituição Federal de 1967, com o Congresso Nacional mutilado em face das inúmeras cassações, com a Emenda Constitucional número 01, de 1969, que trazia nas Disposições Gerais e Transitórias:

Art. 181: ficam aprovados e excluídos de apreciação judicial os atos praticados pelo Comando Supremo da Revolução de 31 de março de 1964, assim como:
Omissis
Omissis
Omissis.

Na época também vigorava o Ato Institucional número 5 (AI-5), que dava poder ao presidente da República de decretar a suspensão dos direitos políticos dos cidadãos: 500 pessoas perderam seus direitos políticos, 95 deputados e 4 senadores perderam seus mandatos. Foi o pior Ato Institucional da época e marcou o período de maior repressão nos 21 anos da ditadura. Na realidade, foi o endurecimento da própria ditadura. O deputado federal gaúcho Carlos de Britto Velho, que era do partido de sustentação do governo, a ARENA, protestou a esse absurdo, renunciando ao seu mandato e abandonando a política. Feitas essas explicações, voltamos a falar sobre a peça.
O final foi apoteótico:

> Quem souber de alguma coisa
> Venha logo me avisar
> Sei que há um céu sobre essa chuva
> E um grito parado no ar.

Essa é a peça que você não quer que acabe.

FONTES DE PESQUISA

1. A *vida do Garganta Profunda (O caso Watergate)*. John O' Connor & Mark Felt, Editora Record. 2009.
2. *A Hora Evarista*. Heitor Saldanha. Editora Movimento/SEC. 1974
3. *Memórias e Confidências. O que faltou esclarecer.* Fábio André Koff. Depoimentos para Paulo Flávio Ledur e Paulo Silvestre Ledur. Editora AGE. 2016.
4. *71 Segundos – O jogo de uma vida*. Luiz Zini Pires. Editora L&PM. 2005.
5. *Somos Azuis, Pretos e Brancos*. Léo Gerchmann. Editora L&PM. 2015.
6. *Heróis de 77*. A História do Maior Campeonato Gaúcho de Todos os Tempos. Daniel Sperb Rubin. Editora AGE. 2017.